# TESMOFORIANTES

*O livro é a porta que se abre para a realização do homem.*
**Jair Lot Vieira**

# ARISTÓFANES

# TESMOFORIANTES

TRADUÇÃO,
APRESENTAÇÃO E NOTAS
*de*

ANA MARIA CÉSAR POMPEU

Doutora em Língua
e Literatura Grega (USP)

Professora Associada da
Universidade Federal do Ceará (UFC)

## VIA LEITURA

# TESMOFORIANTES
## ARISTÓFANES

TRADUÇÃO, APRESENTAÇÃO E NOTAS: ANA MARIA CÉSAR POMPEU

1ª Edição 2015

@ desta tradução: Edipro Edições Profissionais Ltda.

CNPJ nº 47.640.982/0001-40

Todos os direitos reservados. Nenhuma parte deste livro poderá ser reproduzida ou transmitida de qualquer forma ou por quaisquer meios, eletrônicos ou mecânicos, incluindo fotocópia, gravação ou qualquer sistema de armazenamento e recuperação de informações, sem permissão por escrito do Editor.

**Editores:** Jair Lot Vieira e Maíra Lot Vieira Micales
**Produção editorial:** Fernanda Rizzo Sanchez
**Revisão:** Erika Horigoshi
**Projeto gráfico e editoração eletrônica:** Studio Mandragora
**Arte da capa:** Marcela Badolatto | Studio Mandragora

Dados Internacionais de Catalogação na Publicação (CIP)
(Câmara Brasileira do Livro, SP, Brasil)

Aristófanes
Tesmoforiantes / Aristófanes ; tradução, apresentação e notas Ana Maria César Pompeu. —
São Paulo : Via Leitura, 2015.

ISBN 978-85-67097-07-7

1. Teatro grego I. Título.

15-00367                                CDD-882.01

Índices para catálogo sistemático:
1. Teatro : Literatura grega antiga    882.01

VIALEITURA

São Paulo: Fone (11) 3107-4788 – Fax (11) 3107-0061
Bauru: Fone (14) 3234-4121 – Fax (14) 3234-4122
www.vialeitura.art.br

# SUMÁRIO

Apresentação ........................................................ 6

Considerações ..................................................... 36

Tesmoforiantes ou Demetercoreantes ..................... 38

Bibliografia ....................................................... 110

# APRESENTAÇÃO

*Tesmoforiantes* de Aristófanes, o maior comediógrafo grego da Antiguidade, é a penúltima peça, em ordem cronológica, do século V a.C., dentre as onze que nos restam da obra desse grande poeta, que deve ter composto cerca de quarenta e quatro comédias. Ela foi encenada em 411 a.C., provavelmente durante o festival pan-helênico das Grandes Dionísias, no mês *Elaphebolion* (março-abril). Dois meses antes, nas festas Leneias, festival restrito a Atenas, no mês de *Gamelion* (janeiro-fevereiro), havia sido representada *Lisístrata*, que foi a primeira peça do poeta encenada após o estabelecimento dos espartanos em Deceleia, na Ática (413 a.C.). De ambas não sabemos a premiação ou quem foram os concorrentes de Aristófanes naquela ocasião. Nessa segunda metade da guerra do Peloponeso (guerra deceleana), *Lisístrata* aparece como um inusitado apelo à paz, depois de dez longos anos de guerra, pois é também a primeira peça de Aristófanes em que as mulheres são as protagonistas e porta-vozes do autor. O enredo de *Lisístrata* é simples, porém essencialmente político: as mulheres gregas se reúnem sob o comando da ateniense Lisístrata, em frente à Acrópole de Atenas, e planejam acabar com a guerra do Peloponeso com uma greve de sexo e a tomada da Acrópole, onde ficava o tesouro de guerra da cidade de Atenas. *Tesmoforiantes* vem, surpreendentemente,

# TESMOFORIANTES

tratar de um tema "literário" e social, não mais tão diretamente sobre guerra. Em Atenas, todos os anos, durante o
mês *Pyanepsion* (outubro), as mulheres casadas reúnem-se
no Tesmofórion, templo dedicado às deusas Deméter e sua
filha Perséfone, chamadas Tesmóforas, "as legisladoras",
e celebram a festa Tesmofórias. Aristófanes, no entanto,
traz as mulheres celebrando a festa fora de época (março-
abril) e, desta vez, elas planejam eliminar o poeta trágico
Eurípides, por ele falar mal das mulheres em suas peças.
Vemos, então, que esta peça difere das outras duas comédias femininas, *Lisístrata* e *Assembleia de Mulheres*, colocan-
do-se cronologicamente entre as duas.

A datação de *Tesmoforiantes* é de grande interesse para
nós, pois os acontecimentos do ano 411 são muito relevantes, já que foi um momento em que a guerra, após a desas-
trosa expedição ateniense à Sicília, trouxe a Atenas revoluções internas, com a instituição do governo efêmero dos
400 e a primeira revolução oligárquica. Os eventos de 411
não são conhecidos em seus detalhes, pois suas principais
fontes, Tucídides confrontado a Aristóteles, não nos dão
esclarecimentos suficientes. A campanha de terror levada
pelos oligarcas começou bem antes das Dionísias (fim de
março, começo de abril). Na peça, os problemas políticos
deixaram marcas como a menção de nomes de personagens
relevantes naquele contexto, Carmino, Cleofon, Pisandro
(Cf. *Tesmoforiantes*: vv. 335-39, 356-67, 1.143-44). A peça
pode retratar tanto as festividades do semestre anterior
como do que ainda estaria por vir, já que são Tesmofórias
fora de época. Desse modo, não é possível, por meio das
referências, datar muito precisamente a peça. Os meses
que antecedem o estabelecimento do regime dos 400 são
de medo e agitação. Para Casevitz (1996, p. 93-100), a ficção dramática é inspirada na realidade e, dessa forma, o

# ARISTÓFANES

processo literário representa o processo político. A peça traz um clima tenso de aflição para o poeta trágico ameaçado de morte pelas mulheres, que fazem uma assembleia no meio das festividades.

Casevitz (1996) nos aponta ainda, como prova de seu argumento por um disfarce da realidade, o vocabulário de medo, que, de modo geral, expressa a perseguição por impiedade, violação, traição, espionagem, revelação de segredos, tudo sendo estendido a todos os que eram suspeitos de trair a cidade. As mulheres seriam o disfarce, pois a peça veste roupas femininas para falar do sentimento de terror da época, de forma a não levantar suspeitas. O vocabulário é bem semelhante ao de *Lisístrata*. Há muitas palavras que somente aparecem em Aristófanes nessas duas comédias, fortalecendo a afirmação de que foram compostas proximamente. Os versos 808-9 podem ser uma referência aos *bouleutes* do Conselho dos 500 que, quando os atenienses souberam do fracasso da expedição à Sicília, foram destituídos do poder de formular um conselho prévio para tudo o que se faria na cidade de Atenas (Tucídides VIII, 1, 3). Entre as palavras que apenas aparecem nesta peça, está *parresia*, vv. 540-3, que significa etimologicamente "palavra livre, sinceridade", e seu significado é considerado próprio da democracia. Casevitz (1996, p. 99) informa-nos que essa palavra aparece somente no século V, durante a guerra do Peloponeso, e somente em Eurípides (oito exemplos desde *Hipólito* em 428 a.C. até *Bacantes*, de 405 a.C.). Parece que a palavra era um argumento de propaganda de Atenas, onde reinava a liberdade, sobrepondo-se a Esparta, onde a palavra era servil. Depois, na segunda metade da guerra, passou a ser empregada na política interior ateniense (Casevitz, 1996, p. 99-100). O que se conclui é que naquele momento próximo ao golpe de Estado da Assembleia de Colono, em

# TESMOFORIANTES

maio de 411, era a *parresia* que estava em jogo, pois a *parresia* privada e pública estava ameaçada naquele clima de terror. Nas instâncias políticas, na Assembleia, a *parresia*, direito de palavra e de proposição, deveria ser exercida desde as leis de Sólon revistas por Clístenes, no estrito respeito às leis, sob pena de ilegalidade. O partido antidemocrático fazia campanha certamente de modo paradoxal, para reverter o regime democrático, os oligarcas deveriam pretender estabelecer uma completa *parresia*, uma total liberdade de palavra que permitisse falar em favor de uma revisão das leis sem a ameaça da famosa *graphé paranomon* (Tucídides VIII 67, 2 e Aristóteles *Ath. Pol.* 29, 4). Então, a *parresia* estava no centro do debate de 411 e essa peça parece estar bem ligada com o seu tempo.

Embora o tema da peça seja, frequentemente, rotulado de literário, ou mesmo de crítico literário, uma leitura mais apurada nos mostra que a discussão proposta pelo poeta é ainda mais profunda. Seria antes sobre os gêneros feminino e masculino e a sua correspondência aos gêneros teatrais: tragédia e comédia.

Em *Lisístrata*, a primeira peça essencialmente feminina de Aristófanes, é o esvaziamento de homens na *pólis* que torna possível a ação das mulheres, na tomada da Acrópole, centro religioso e político de Atenas, e, consequentemente, do poder. Ali, já vemos que é por meio da tragédia, e especialmente a de Eurípides, que os homens formam seu conceito sobre o gênero feminino. Elas, as mulheres, são capazes de tudo para recuperar a paz no casamento, até mesmo se submeter a uma greve de sexo. Para Van Daele (1973, p. 9-14), na nota de introdução à sua tradução de *Thesmophoriazousai*, as duas comédias em discussão somente se assemelham pelo fato de as mulheres formarem o coro e, embora também pretendam ser iguais e até superiores aos homens, em

*Tesmoforiantes*, elas não reclamam nenhuma função política ou de direito. Na verdade, ampliando o quadro comparativo, as muitas semelhanças entre elas é o que pretendemos demonstrar nessa primeira parte do nosso estudo, que tratará de tal semelhança e ainda da proximidade entre elas e o discurso de Aristófanes no *Banquete* de Platão. Ali, o amor sendo o tema, o poeta Aristófanes, personagem do diálogo, em seu discurso, narra o mito dos gêneros e de sua separação, como castigo por sua injustiça, sendo *eros*, o desejo da antiga união, da antiga totalidade.

## Tesmoforiantes, Lisístrata e Banquete de Platão

### 1. *Tesmoforiantes* e *Lisístrata*

Em *Lisístrata*, as mulheres aparecem como amantes do vinho, astuciosas, adúlteras e apegadas demasiadamente ao sexo (v. 1-3): "Li. Mas se as tivessem chamado a uma festa de Baco, a um templo de Pã, a um em Colíade, ou ao de Genitália, nem seria possível passar por causa dos tamborins". A falta de exemplos antigos de uma protagonista feminina como Lisístrata (Liberatropa) na comédia antiga, já que, antes dela, a mulher resumira-se a breves aparecimentos, nas peças de Aristófanes, como vendedoras no mercado ou divindades menores, sendo os papéis femininos, sobretudo, personificações, figuras mitológicas ou parentes de homens ilustres, mostra que, ao dar impulso à intervenção feminina, Aristófanes apenas acompanhava o curso dos tempos, é o que nos explica Maria de Fátima Silva (1991, p. 207-44). A guerra foi a grande responsável por mudanças radicais na sociedade ateniense, o que se observa na imagem da mulher recatada, limitada ao âmbito da casa, na Atenas da primeira metade do século V a.C. Silva (1991, 207-44) esclarece-nos que a falta de homens, seja pela guerra, seja

# TESMOFORIANTES

pela morte, fez com que o número de mulheres crescesse em proporção. A qualidade de vítimas da guerra impôs-se ainda mais na consideração da cidade. Diceópolis, em *Acarnenses* (v. 1056-66), é exemplo de certa comiseração pela mulher diante da guerra, quando ele goza os benefícios da paz, que negociara para si e a qual se recusa a repartir seja com quem for, abre uma exceção para uma noiva, que não tem culpa da guerra e deseja salvar a presença do marido junto de si. O casamento de Estrepsíades, em *Nuvens* (v. 41-48), torna-se paradigmático de um novo padrão de alianças: o rústico com dinheiro e a herdeira de uma aristocracia falida. É que os camponeses viram-se obrigados a participar da vida urbana, por força da constante ameaça de incursões inimigas, e a se abrigar dentro dos muros da cidade.

*Lisístrata* é a primeira peça, dentre as que restaram de Aristófanes, a ser representada depois da fortificação de Deceleia, na Ática, pelos peloponésios – que se deu em 413 a.C., ano em que também aconteceu o fim desastroso da expedição ateniense à Sicília, iniciada em 415 a.C. Dillon (1987, p. 97-104) observa que Aristófanes, a partir de circunstâncias externas, especificamente o investimento espartano em Deceleia – evento tão importante, que deu nome à segunda etapa da guerra do Peloponeso – Guerra Deceleana 413-404 a.C. –, teria resolvido variar em *Lisístrata* a perspectiva poética para a apresentação de paz e guerra, que havia desenvolvido nas outras peças, de um ponto de vista muito agrário a um exclusivamente humano. E assim as mulheres aparecem, pela primeira vez em Aristófanes, para nós, como protagonistas e porta-vozes do poeta. A fantasia utópica de *Lisístrata* é, como explica Henderson (1987, p. xxv-xxxiv), diferente da de outras peças heroicas de Aristófanes, por ser mais prática. Embora a situação seja fantástica, é realizável a princípio, uma vez que as ações das personagens não estão,

11

# ARISTÓFANES

fundamentalmente, fora do reino da possibilidade humana. As mulheres da peça não alteram suas características, nem adotam uma ausência delas. Nenhuma delas questiona sua função ordinária ou procura, de algum modo, mudá-la, mas querem voltar à sua vida normal, que fora interrompida pela guerra. A ação delas é desinteressada e temporária e apenas se utilizam de habilidades peculiares ao seu sexo: governo e finanças domésticas, procriação e cuidado com a família. A fantasia está na projeção dessas habilidades fora da esfera domiciliar, por meio de uma conspiração em que a cidade é assimilada à família individual; e a agregação de cidades, a uma vizinhança.

Em *Lisístrata*, as mulheres não pretendem, verdadeiramente, obter o poder político, mas apenas restituir a ordem normal, anterior à guerra: querem os homens em casa cumprindo seus deveres de esposo, na família. Elas fazem censura às deliberações ruins dos homens quanto à guerra e à má administração da cidade, enquanto elas são ótimas administradoras do lar.

Há indícios de que Aristófanes, de algum modo, desenvolve, em *Tesmoforiantes*, uma das ideias de *Lisístrata*: as mulheres são consideradas maliciosas pelos homens (*Lis.* vv. 11-2), e são as tragédias de Eurípides que divulgam isso (*Lis.* 138; 253; 283; 368). E depois ele desenvolveria outra ideia da mesma peça em *Assembleia de mulheres*: as mulheres governam melhor do que os homens (*Lis.* 493-5; 527-8; 551 ss.).

*Lisístrata* é considerada uma peça política, por tratar diretamente da guerra do Peloponeso: as esposas gregas tramam uma greve de sexo para que os homens parem de lutar, e as atenienses, além da greve, tomam a Acrópole da cidade, para que os homens não tenham acesso ao dinheiro ali guardado. É interessante notar que as mulheres de *Lisístrata*, bem como os outros personagens, são todas

# TESMOFORIANTES

fictícias, não existe um personagem que retrate alguém real, o que contrasta com o contexto de guerra, que é, precisamente, localizado no tempo e no espaço, pois os fatos referidos na peça são coerentes com a data de sua representação, período da segunda metade da guerra do Peloponeso, a guerra deceleana.

Já em *Tesmoforiantes*, Eurípides é personagem; é um cidadão de Atenas conhecido por todos, por causa de suas tragédias. As mulheres também são reais, uma vez que a festa Tesmofórias era realizada em Atenas todos os anos e somente mulheres legitimamente casadas podiam dela participar. Há, no entanto, o deslocamento da data, pois essa festa acontecia em outubro, enquanto, no teatro, o festival das Grandes Dionísias era em março ou abril. A guerra, de modo explícito, está quase por completo fora dessa peça, que trata da trama de mulheres atenienses para matar Eurípides, por ele denegrir a imagem feminina em suas tragédias. Mas podemos interpretar esse festival, sendo um ritual de fertilidade, como uma celebração pela paz e normalidade da vida.

*Lisístrata* é uma defesa à acusação dos homens de que as mulheres são um mal para a cidade. Elas também se defendem da acusação de não terem o direito de se intrometer em assuntos de guerra, ao afirmar que contribuem fornecendo os homens, pois elas é que parem os filhos que são enviados para a guerra como guerreiros e são elas, agora, que se ressentem pela morte desses mesmos filhos. Como mães, elas são cidadãs plenas.

*Tesmoforiantes* é também uma defesa: ora, se as mulheres são um mal, por que os homens têm tanto medo de perdê-las? As mulheres estão relacionadas à paz doméstica, às vitórias antigas sobre os bárbaros e à honestidade na administração doméstica, enquanto os homens estão ligados apenas à covardia, ao suborno, aos roubos dos bens públicos. As mulheres deveriam ter as maiores honras quando dessem bons frutos para a cidade, quando fossem mães de bons cidadãos, enquanto as que dessem maus frutos deveriam ser relegadas à humilhação.

Em *Lisístrata*, as mulheres tomam, à força, o centro religioso da cidade, permanecendo sem relações sexuais com os esposos, proíbem até a entrada de homens na Acrópole, para conduzir a cidade à paz. Em *Tesmoforiantes*, elas ocupam o Tesmofórion, templo das deusas Tesmóforas, "Legisladoras", Deméter e Core, não à força, mas, por lei, paralisam todas as tarefas masculinas em relação à *pólis*. Permanecem também em abstinência sexual; a entrada do templo é interditada aos homens. Elas pretendem acabar com Eurípides, que é a grande causa de seus males, por divulgar aos homens seus segredos mais recônditos, causando discórdia entre as famílias. Então, pretendem, da mesma forma, reconstruir a ordem perdida no lar. Enquanto *Lisístrata* restaura a ordem doméstica como consequência da ordem política, *Tesmoforiantes* apresenta um festival anual da *pólis*, realizado por esposas legítimas, para a fertilidade natural, de plantas, animais e seres humanos, logo, para o bem da cidade, que estava conturbada pela guerra.

O estabelecimento da discussão sobre o gênero também se dá nas duas comédias. Em *Lisístrata* há a separação dos sexos e depois a união em pares de esposos na Grécia inteira. O coro é dividido em duas metades, uma masculina e outra feminina. Há o tema de administração da *pólis* e do *oikos* e, assim, a repercussão da guerra e paz no público e privado, definindo os espaços do homem e da mulher. O elo entre as mulheres e os espartanos, na suposição dos homens velhos do coro, é um efeminado famoso, Clístenes. Elas representam a paz. Veremos que, em nossa peça, também

# TESMOFORIANTES

Clístenes e ainda Agatão, dois efeminados, serão utilizados como intermediários para a criação do caractere feminino e da comunicação entre os sexos. Com isso, vemos que a semelhança entre as duas comédias pode ser firmemente estabelecida.

### 2. Banquete – Aristófanes e os Andróginos

Em *Banquete*, o discurso de Aristófanes narra a parábola das criaturas circulares duplas, ascendentes do homem, que, por sua impiedade, são castigadas por Zeus, sendo cortadas em duas metades, que vão se buscar reciprocamente, morrendo de fome e inanição pela falta de sua metade. Zeus institui, então, o intercurso sexual como um paliativo para o desejo humano de voltar a ser completo. Nesse intervalo de saciedade, puderam se reproduzir e trabalhar para a própria sobrevivência. Mas, se Hefesto, o artífice divino, quisesse uni-los de novo para sempre, eles não hesitariam em aceitar isso. Cada um procura a sua metade, sendo que o real objeto de desejo, sempre que nos sentimos atraídos por alguém, pode ser descrito por *oikeiotes*, "familiaridade" (192c). Mas, para Sócrates, Aristófanes falhou por não especificar *oikeiotes*, já que é somente o bem o que as pessoas desejam, "pois até os seus próprios pés e mãos querem os homens cortar, se lhes parece que o que é seu está ruim" (205d-206a)[1]. Havia, segundo o mito, três gêneros diferentes de seres circulares duplos: o masculino, filho do sol; o feminino, filho da terra; e o andrógino, filho da lua. Deste último é que provêm os homens que são amantes de mulheres (*philogynaikes*) e a maior parte dos adúlteros (*tôn moikhôn*); as mulheres amantes de homens (*philandroi*)

---

1. As citações de *Banquete* de Platão são todas traduzidas para o português por J. Cavalcante de Souza. Difel, 1987.

## ARISTÓFANES

e as adúlteras (*moikheutriai*) (191d-e). O mito diz que Eros é apenas um, contrariamente ao discurso de Pausânias, que afirma sobre a existência de dois Eros, já que são duas Afrodites, uma Urânia, mais antiga e engendrada apenas pelo Céu, uma divindade masculina, ou, podemos acrescentar, pelo Céu e Pontos, e, assim, por uma relação homossexual, daí o amor por jovens; e uma Pandêmia, a popular, mais jovem e que nasceu do amor entre Zeus e Dione, e responsável pelo amor dos homens vulgares que tanto amam jovens como mulheres. A comédia tem como traço essencial a franqueza, e não justificativas para o desejo sexual, enquanto Pausânias quer regulamentar a pederastia (181 d 7; cf.184c 7-d 1, 1 2-3). Aristófanes aceita que o amor heterossexual é popular e, assim, põe ênfase no grande número de adúlteros, ou infratores de leis, contrastando com a elite aristocrática de pederastas, com seus jovens amados, e de lésbicas (191d 6-192 a 7) (Cf. Ludwig, 1996, p. 553). Com o pequeno detalhe de que a maior parte dos homens adúlteros vem dos andróginos, enquanto dali vêm todas as mulheres adúlteras, Platão faz o comediógrafo ser coerente com suas peças. Aristófanes retrata as mulheres sempre como adúlteras, e.g., em *Tesmoforiantes*, nas imprecações da mulher na assembleia para que os que transgridem as leis sejam punidos pelos deuses, estão incluídos: "ou o amante (*moikhos*) que engana uma mulher com falsas palavras e não dá o que promete; ou a velha que dá presentes ao amante (*moikhôi*)" (como em *Pluto*, 959-79) (*Thesm.* v. 343-45). Alguns versos depois, no discurso da primeira mulher, que se queixa do que Eurípides diz delas:

> "*lá, ele começa a chamar-nos de levianas (moikhotropous), doidas por homem (anderastrias)" (392).*

# TESMOFORIANTES

Em *Lisístrata*, a greve de sexo é restrita às mulheres casadas e, paradoxalmente, não se consideram outras possibilidades de satisfação sexual por parte dos homens: cortesãs, viúvas de guerra, escravas, rapazes, nem mesmo masturbação. Thiercy (1986, p. 332-3) explica que o motivo para isso e para a própria greve é que a ação das mulheres dáse, ao mesmo tempo, no plano familiar e cívico, sendo a cidade transformada em grupos de famílias que obedecem aos mesmos princípios. Solomos (1972, p. 184) comentando essa peça, diz que, pela separação e depois reunião dos dois coros, masculino e feminino, *Lisístrata* faz lembrar, de alguma maneira, os andróginos do discurso de Aristófanes, pois esses coros enquanto separados se procuram o tempo todo e se reúnem, enfim formando um conjunto dançante hermafrodita. É que alguns anos apenas separam *Lisístrata* (411 a.C.) da época presumida (416 a.C.) do Banquete de Agatão (personagem de *Tesmoforiantes*, também de 411 a.C.) e de *As Aves* (414 a.C.) e sua parábola cosmogônica, que faz das aves imortais descendentes de Eros, criando uma nova teogonia. O que faz recordar as asas das almas no *Fedro* (246 d-e), que se elevam por Eros.

Nos versos 115-6 de *Lisístrata*, a personagem Mirrina (Buquerina), que tem o nome que faz lembrar o órgão feminino, diz, quando interrogada por Lisístrata sobre sua disposição para se sacrificar pela paz: "E eu aceitaria, mesmo que como um linguado, acho que daria a metade de mim, tendo sido cortada". Lemos no discurso de Aristófanes: "Cada um de nós, portanto, é uma téssera complementar de um homem, porque *cortados como linguados de um só em dois*; e procura então cada um o seu próprio complemento" (191d) (o itálico é nosso). É mais digna de nota a semelhança, quando se examina de perto o papel de Mirrina na peça. Ela, como representante do sexo feminino, irá

17

# ARISTÓFANES

demonstrar como a greve acontecia entre as mulheres. A cena que apresenta Cinésias (Penétrias), nome que faz lembrar o órgão masculino, sofrendo convulsões pela falta de sua esposa Mirrina, é uma prova de que o amor, nesta peça, vai além do simples desejo ou apetite (*epithymia*). Antes de tudo, as mulheres confiam nos deuses, pois fizeram um sacrifício-juramento: Li. A Senhora Persuasão (*Peithoî*) e taça da amizade/a vítima recebe favorável às mulheres (203-4). Henderson (1987, p. 94), comentando o verso, explica que Lisístrata, ao invocar Persuasão, não tem em mente o argumento verbal, mas o poder coercivo da greve. *Peitho* está relacionada à deusa Afrodite dos primeiros tempos, e os atenienses tinham um santuário de *Peitho* e Afrodite Pândemos na Acrópole.

## Lisístrata

*Mas se o doce Eros com a Ciprígena Afrodite*
*Desejo amoroso (himeron) sobre nossos ventres e coxas soprar,*
*E, em seguida, provocar uma rigidez de prazer e ereções*
*em nossos maridos,*
*Creio que um dia nós seremos chamadas Liberalutas entre*
*os gregos. (Lis. 551-4.)*

Era atribuída à Afrodite a competência do ato sexual, *ta aphrodisia* (verbo *aphrodisiazein*), enquanto o desejo sexual, *epithymia* e *epithymein* e palavras comuns para desejo de modo geral, era próprio de Eros. Dover (1991, p. 2) observa que, como é comum se desejar o alívio de uma tensão sexual, sem muita preocupação para a identidade do parceiro, enquanto o ato sexual em si pode gerar um grande desejo por um parceiro particular, a Literatura Grega não definiu precisamente o papel dos dois deuses.

18

Cinésias, ao encontrar Mirrina e pedir que ela desça da Acrópole e venha ter com ele, apela para o filho do casal, sem leite e banho já havia alguns dias; depois, para as coisas de ambos, que ela deixava estragar, os teares que são levados pelas galinhas, e os ritos sagrados de Afrodite (*ta tês Aphroditês hier'*) não celebrados por ela há tanto tempo (v. 878-99). E suplica à esposa: "Cin. Pelo menos deita-te comigo por um tempo (v. 904)." Em *Lisístrata*, as mulheres sabem que os homens podem forçá-las ao sexo, mas também que assim não haverá prazer para eles.

## Lisístrata

*É preciso permitir de muito mau grado.*
*Pois não há prazer (hedone) nestas coisas para eles à força.*
*Além do mais é preciso fazê-los sofrer; e não te preocupes, logo*
*desistirão. Pois jamais gozará de prazer (euphranthêsetai)*
*um homem se não estiver de acordo com sua mulher.*
*(v. 162-6.)*

Podemos observar que Cinésias, ao queixar-se para Lisístrata da falta de sua mulher, demonstra sofrer com isso porque está em ereção. Mas também vemos que os prazeres apetitivos estão, de algum modo, abaixo do erótico.

## Cinésias

*Porque não encontro nenhum prazer (kharin) na vida,*
*desde o dia em que ela saiu de casa,*
*mas entrando lá sofro, e deserto tudo me parece ser, nos alimentos*
*nenhum prazer (kharin) tenho ao comê-los;*
*pois estou com tesão. (v. 865-9.)*

# ARISTÓFANES

Na verdade, Cinésias afirma que nada tem encanto, devido à falta de sua esposa. Podemos recordar ainda o estado em que os seres míticos do discurso de Aristófanes ficaram, após terem sido separados em duas metades.

*Por conseguinte, desde que a nossa natureza se mutilou em duas, ansiava (pothoun) cada um por sua própria metade e a ela se unia, e envolvendo-se com as mãos e enlaçando-se um ao outro, no ardor (epithymountes) de se confundirem, morriam de fome e de inércia em geral, por nada quererem fazer longe um do outro. (Banquete 191a-b.)*

A forma *pothoun*, do verbo *pothein*, que significa "desejar uma coisa ausente ou distante" é usada em *Lisístrata* quando a líder das mulheres tenta acalmar as companheiras, que, paradoxalmente, sentem, antes mesmo dos homens, os efeitos da abstinência sexual: "Li. Desejais (*potheit*) vossos maridos talvez; mas tu não crês que eles vos/ desejam (*pothein*)? Difíceis noites eu sei bem que/ eles passam". (v. 763-5.) Em *As Aves*, ao compor uma nova teogonia, o coro chama Eros de *ho potheinos*, "o desejado".

Em uma relação conjugal ou de alguma duração, o que predomina não é *Eros*, mas *philia*. Halperin (1985, p. 162) tenta mostrar a relação de *eros* para *philia* em um casamento, por meio da referência mitológica de Fedro no *Banquete* (179b-c), ao exaltar o autossacrifício de Alceste pelo esposo, Admeto. Ela, tendo *philia* pelo esposo, assim como os pais deste; no entanto, por seu *eros* por ele, ultrapassou os sogros em *philia*, pois somente ela deu a vida por Admeto, enquanto seus pais, embora já velhos, negaram-se.

No *Banquete*, Aristófanes louva o amor entre os homens, dizendo que é o melhor, pois somente nessa classe encontram-se os políticos, e eles são os mais viris, pois os

## TESMOFORIANTES

seres masculinos em sua natureza são puros, sem mistura com o feminino, que é o caso dos andróginos. Ele apresenta esse argumento pela relação que o desejo entre homens tem com a política. Tal argumento retoma o que foi dito antes por Fedro e Pausânias. Fedro havia afirmado que, na possibilidade de haver um batalhão composto somente de pares de amantes, sua cidade teria o melhor governo, pois todos seriam bravos, já que incapazes de um ato de covardia (*anandria*) diante do amado (178d 4-179 a 2). Pausânias argumenta que os tiranos bárbaros não legalizam a pederastia porque temem estimular revoluções entre os seus subjugados e cita o exemplo de Harmódio e seu amante Aristogíton, que dissolveram a tirania dos Pisistrátidas em Atenas, abrindo caminho para a democracia (182b 6-c7). Esse evento histórico de grande importância na mitologia democrática também está presente em *Lisístrata*, na citação de um famoso escólio originado nesse fato, pelos velhos do coro, fazendo um jogo obsceno com "espada", símbolo fálico, e "ramo de mirto", símbolo para a vagina, v. 632-4.

### Coro dos Velhos

*E "portarei a espada" daqui para a frente "no ramo de mirto",
marcharei para a ágora em armas com Aristogíton,
ficarei em pé assim ao lado dele; [...]*

Pela intriga amorosa envolvida nesse evento da morte de Hiparco pelos dois jovens e pela atmosfera de insegurança e conturbações oferecidas pela tirania de Hípias, que teria sido em parte benevolente até a morte de seu irmão Hiparco, nota-se a proximidade de disposição de ânimos em uma Atenas conturbada pelas mudanças políticas de 411, em que o fantasma da tirania volta a aparecer.

# ARISTÓFANES

Em *Tesmoforiantes*, temos, na abertura do segundo dia do festival das duas deusas, uma paródia de uma reunião da assembleia dos homens, e ouvimos, então, as *Arai*, "imprecações", precedendo à reunião. Nelas se amaldiçoava qualquer um que tentasse trazer de volta a tirania. E aqui elas estão entrelaçadas com a maldição jogada aos que prejudicarem de alguma forma as mulheres. Pausânias ressalta o caráter educativo da relação erótica entre homens. O amante (*erastes*), que é mais velho, pode iniciar seu amado (*eromenos*), mais jovem, no mundo da virilidade, desde a virtude básica até os mais altos ideais. É a não reciprocidade de desejo erótico na pederastia que estimula à educação e à política. Mas a relação entre homens podia, no entanto, ser recíproca no esforço de excelência, no mínimo em ideal tomado no caráter de amizade de Aristóteles baseado na virtude (*EN* 1169 a 7-13, 20-b 2; l 156b 7-12) (cf. Ludwig, 1996, p. 540-2). Ludwig (1996, p. 539) esclarece que a afirmação de que devia ser educativa essa relação entre homens é uma confirmação da premissa de que jovens adolescentes não podiam normalmente estar ligados por desejo erótico aos homens mais velhos que deles se aproximavam. Pausânias, inconscientemente, diz em seu discurso que Aristogíton tinha *eros* por Harmódio, mas este tinha *philia* por Aristogíton (182c 5-7). O amado ideal de Fedro seria mais estimado pelos deuses por ter carinho (*agapai*) pelo amante – que é um ser mais divino –, mesmo não sentindo *eros* por ele (180b 1-3). Embora não aprove o amor sem nobreza, Pausânias informa-nos que alguns jovens atenienses podiam ser comprados com favores políticos e, às vezes, até tinham poder político conferido a eles por seus poderosos amantes (184 a 7-b 3; cf. 183 a 2-b 2). O coro de pássaros, em *As Aves*, querendo provar que descende de Eros, afirma:

# TESMOFORIANTES

*Voamos e junto com os amantes convivemos.*
*Muitos rapazes belos se recusavam, mas no fim da juventude,*
*Graças ao nosso poder, os homens que os amavam abriram-*
*-lhes as pernas (diemêrisan)*
*Em troca de uma codorna, um porfirião, um ganso, uma*
*ave persa. (v. 704-7.)*

Aristófanes, no fim de seu discurso, aponta para a presença da sátira em suas palavras, exatamente no que diz respeito à excelência dos homossexuais, ao pedir ao médico Erixímaco para não fazer comédia de seu discurso (*komoidon ton logon*) (193b-c), por relacioná-lo a Agatão e Pausânias, isto é, tomá-los como exemplo do par de verdadeiros homens, quando o bem-amado de Pausânias, Agatão, não demonstra nenhuma virilidade. Em *Tesmoforiantes*, ele é retratado como um efeminado. Aristóteles, ao falar dos tipos inferiores de amizade, i.e., por prazer ou por utilidade (a superior seria pela virtude), declara sobre amante e amado:

*Porquanto estes não recebem prazer das mesmas fontes, mas o amante compraz-se em ver o amado e este em receber atenções do seu amante; e quando começa a passar o viço da mocidade, a amizade também se desvanece (porque um não experimenta prazer em ver o outro, e o segundo não mais recebe atenções do primeiro). Muitos amantes, porém, são constantes, quando a familiaridade os leva a amar o caráter um do outro pela afinidade que existe entre eles (EN. 1.156b 36 - 1.157 a 13).*

Desse modo, a transitoriedade e a não reciprocidade entre amante e amado, relacionados no discurso de Aristófanes como *paideraites* (amantes de jovens) e *phileraistes* "amigos de amantes" (192b), contraria seu mito, quando ele afirma que cada um ama o seu semelhante (*to homoion*) (192a 6), o seu aparentado (*to xyggenes*) (192b 5). A passividade masculina, nas comédias, é vista como hábito imundo, e são os políticos o seu alvo principal: em *Cavaleiros* (423-8), o salsicheiro narra que, quando jovem, depois de roubar carne e escondê-la nas nádegas (*kokhona*), um homem (*aner*) entre os oradores que o viu fazer isto exclamou: "é inevitável que este jovem (*pais*) terá de governar o povo", e o coro declara que ele somente fez essa previsão porque o salsicheiro perjurou e suas nádegas (*proktos*) portavam carne. Em 1240-2, o Paflagônio, em um interrogatório que serve como reconhecimento de que o seu rival era aquele de quem o oráculo falava, pergunta ao salsicheiro: "E que ofício tu exercias ao tomar-te homem (*exandroumenos*)?", ao que ele responde: "Eu vendia salsichas e também me fazia um pouco de delicado (*bineskomen*)". Então, o oráculo estava confirmado, ele era o eleito. Referindo-se à passividade sexual, após o período da juventude, e à prostituição masculina. Dover (1991, p. 4) afirma que a sociedade simpatizava com o amante persistente, mas não tolerava um amado que se deixasse seduzir deliberadamente. Em *As Aves*, podemos observar a mesma sátira aos políticos na cidade ideal de Pisetero, o político por natureza, que seria aquela em que o pai de um jovem rapaz o censurasse por não cortejar o seu filho (137-42).

Em *As Nuvens*, no *agón* entre os dois argumentos, ao descrever os prazeres dos quais o jovem Fidípides ficaria privado, caso escolhesse a temperança, o Argumento injusto diz: "Considera, então, jovem homem, o que a temperança implica e de quantos prazeres (*hedonon*) tu vais ser privado: de rapazes (*paidon*), mulheres (*gynaikon*), jogos, comidas, bebidas e gargalhadas (1.071-30)". Notemos bem que rapazes e mulheres não são excludentes. E continua falando das necessidades naturais (*physeos anagkas*), supondo que

# TESMOFORIANTES

o rapaz estivesse apaixonado (*erasthes*) e cometesse um adultério (*emoikheusas*), no qual fosse surpreendido pelo marido da sua amada. Estaria perdido, se não soubesse falar, mas, com o Argumento injusto, ele ficaria livre e poria a culpa em Zeus, que, mesmo sendo um deus, é vencido (*hetton*) pelo amor (*erotos*) e pelas mulheres; como, então um simples mortal poderia ser mais forte que um deus? Mas o Argumento justo rebate, perguntado que argumento ele usaria, tendo sido submetido ao castigo dos adúlteros, ter um rábano metido nas nádegas, depiladas com cinza quente, para negar que era um *euryproktos*. Aristófanes faz um jogo com o significado concreto do termo "ânus largo" e o uso ordinário para representar homens de hábitos imundos. Lembremos as palavras de Pausânias, em que o amor de Afrodite Pandêmia, o dos homens vulgares, é o amar não menos as mulheres que os jovens (*Banquete* 181a-b). Parece que tanto homens maduros tinham relações com mulheres e jovens, quanto jovens tinham com homens e mulheres.

Para Aristófanes, não é a honra ou a educação que liga pederastia e política, mas trabalho e vida. Recordando esta parte do discurso, depois de serem cortados ao meio, os seres circulares procuravam desesperadamente unir-se de novo à sua metade. E acabavam morrendo de fome e inatividade. E, com a criação do ato sexual, por Zeus, eles puderam saciar-se por algum tempo e, no intervalo da união, podiam trabalhar e viver. No mito, porém, o abraço heterossexual gera filhos, enquanto o homossexual gera saciedade temporária, que impulsiona ao trabalho e assim à sobrevivência; no discurso de Sócrates/Diotima, reaparece a ideia dos grávidos do corpo e os da alma. Ludwig (1996, p. 542-3) questiona se a relação heterossexual não gera a mesma saciedade que impulsiona ao trabalho. O mito não esclarece, mas a sua interpretação é a de que o trabalho dos heterossexuais é mais voltado ao bem-estar econômico dos filhos, enquanto os homossexuais são livres para o trabalho. Os homossexuais, por natureza, não podiam ter idades diferentes, pois são duas metades de um único ser. E os debochados sairiam dos andróginos, pois, embora não existissem mais, o termo era usado ainda como opróbio. (Cf. Ludwig, 1996, p. 555-6) A relação que preenche os requisitos de duração e reciprocidade, para Aristófanes, é a do homem com a mulher, a única capaz de gerar filhos, preservando a espécie humana. Mas Sócrates eleva *eros* ao nível mais alto, o filosófico. Nós não desejamos por si o nosso amado, que fornece o meio da beleza na qual nós geramos, mas desejamos realmente a imortalidade (206d 7-207 a 4. Cf. 206 a 3-13 e 204d 2-205d 9). A beleza do amado libera sementes ou palavras que asseguram a imortalidade para o amante, em filhos ou fama, respectivamente (Cf. Ludwig, 1996, p. 546-7). Desse modo, Platão usa Aristófanes como humorista para tornar claro o caminho para Sócrates e, como nas comédias, ele combina frequentemente o ridículo com o materialismo para a redutiva função de retomar das distorções da vida política para a natureza. Percebemos ainda que, no estudo comparativo de *Lisístrata* e *Tesmoforiantes*, o discurso de Aristófanes no *Banquete* de Platão parece ter sido elaborado pelo filósofo, com vistas especialmente nessas duas comédias, que tratam do gênero humano e do desejo erótico.

Em *Tesmoforiantes*, assistimos a uma verdadeira retirada da máscara do teatro, numa crítica aos fundamentos da representação séria, trágica, por utilizar atores homens em papéis femininos, ficando o ridículo manifesto pelo travestimento, no palco, do parente de Eurípides em uma velha mulher.

A segunda parte do nosso estudo tratará propriamente desse desmascaramento do teatro trágico por Aristófanes.

## TESMOFORIANTES

## O desmascaramento do gênero e do teatro

*1. A criação de um caractere feminino*

Em *Tesmoforiantes*, o tragediógrafo Eurípides, com um parente, possivelmente o sogro Mnesíloco, chega à casa de Agatão, que também era um poeta trágico. Os dois visitantes ocultam-se, quando o servo de Agatão aparece fora da casa. O criado, então, pede silêncio absoluto, para que o patrão possa compor seus belos versos. Agatão apresenta traços efeminados e, quando aparece em cena, vem rolando pelo *ekkyklema*, mecanismo usado para mudar o cenário no teatro antigo. O parente de Eurípides o confunde, então, com uma prostituta, pelos trajes femininos que o poeta veste, e ainda o confunde mais, quando Agatão entoa um canto em que ele mesmo representa o papel do corifeu e do coro de donzelas, pedindo para honrar Leto e os gêmeos Apolo e Ártemis. O parente sente-se excitado pelo canto feminino do poeta e fala que não compreende aquele ser andrógino. O poeta Agatão explica que traz a roupa conforme a sua maneira de pensar, pois, segundo ele, é preciso que o poeta atue de acordo com suas peças, que adote o seu tipo de vida. O mesmo pensamento está em *Acarnenses* (v. 410 s), em que Eurípides, para compor personagens coxos e mendigos, veste-se de farrapos e está pendurado pelos pés. Então, se o poeta compõe um caractere feminino é preciso que o seu corpo participe da natureza feminina. Ora, quando compõe peças com homens, tem-se no corpo essa característica, mas aquilo que ele não possui, ele consegue pela imitação. Como era uma necessidade compor de acordo com a própria natureza, Agatão passou a cuidar da sua.

Eurípides era criticado por Aristófanes e também por Aristóteles, na *Poética*, por imaginar saídas fantásticas, como o uso do *deus ex machina*. O personagem Eurípides, na

27

iminência de ser eliminado pelas mulheres (o que pode ser uma referência à sua arte ser esvaziada pela exploração do feminino), vai tentar utilizar meios incríveis para sair dessa armadilha. O fato de procurar Agatão foi um artifício por ele imaginado. Ora, Agatão, afeminado como se mostrava, poderia entrar no Tesmofórion, interdito aos homens, sem problemas. Mas o poeta se recusa, pois não quer entrar em atrito com as mulheres. O parente de Eurípides, então, oferece-se para ajudar, e é transformado em uma mulher, certamente bem feia, pois é um velho cheio de pelos, que é depilado com fogo (em uma paródia ao teatro trágico e ao travestimento dos seus atores homens em mulheres com performance admitida como séria). Depois de ser depilado com uma tocha, ele é vestido com trajes femininos cedidos por Agatão (não são, de qualquer maneira, trajes de mulher, mas de um suposto efeminado, acentuando-se o distanciamento da imitação). O parente consegue penetrar no templo de Deméter como uma senhora ateniense comum.

*2. A atuação do caractere feminino diante das mulheres*

No párodo, o coro de mulheres entoa preces para o início da assembleia. A primeira mulher expõe as queixas que todas têm em relação ao poeta Eurípides, que, segundo ela, onde quer que tenha meia dúzia de espectadores, ali estará falando mal das mulheres: que são levianas, doidas por homens, bêbadas, traidoras, tagarelas, a desgraça completa dos maridos. E, nas suas obras, sempre se pôs à procura de argumentos em que aparecia uma mulher perversa, nunca procurou um paradigma como Penélope, que parecia uma esposa sensata.

Ela faz outra acusação ao poeta, que não diz respeito apenas às mulheres: a de que ele convenceu os homens de que não há deuses. A mesma acusação é feita a Sócrates em

*As nuvens.* Outra mulher faz um discurso mais realista e simples, para contrastar com os argumentos retóricos da exposição anterior.

O parente de Eurípides é o terceiro a falar, afirmando que o tragediógrafo teria como denegrir muito mais o sexo feminino, contando os segredos mais sujos das esposas aos homens, e enumera muitos deles, enfurecendo as mulheres que o ouviam.

### 3. A revelação do disfarce feminino

Um famoso suposto efeminado da época, Clístenes, citado por Aristófanes em quase todas as peças como tal, entra no templo das deusas Tesmóforas para denunciar um espião de Eurípides disfarçado de mulher, não revelando que se trata de um plano para evitar sua morte. Depois, ouviremos de uma das mulheres que ele entrou para roubar o ouro feminino – semelhante à acusação temida por Agatão, que, por sua vez, é suspeito de ser o delator de Eurípides, ou, como quer Thiercy, o próprio Eurípides deveria ter revelado seu plano na ágora, demonstrando sua tagarelice. Clístenes pôde entrar no templo interdito aos homens, porém não pôde ouvir sobre os ritos celebrados no ano anterior durante as Tesmofórias. Em *Lisístrata*, ele também faz o elo imaginado pelos atenienses entre as mulheres e os espartanos. Depois de investigar o parente, as mulheres o despem e revelam o seu sexo. Aristófanes parece criticar a figura feita por Eurípides, por meio de seu parente, que é uma espécie de Eurípides cômico, ou seria a representação do próprio Aristófanes parodiando Eurípides, no que diz respeito à composição de caracteres femininos grosseiramente moldados, com preconceitos sobre o sexo oposto, mas sua natureza não desmente que é viril, o *peos*, "pênis", é o desmascaramento dessa figura.

# ARISTÓFANES

*4. Paródia de Télefo e de Palamedes de Eurípides*

Nosso protagonista, tendo sido descoberto, toma como refém um bebê dos braços da nutriz ou de sua mãe, que é sua rival número 1, parodiando, dessa forma, a tragédia perdida de Eurípides, *Télefo*, que já havia sido parodiada em *Acarnenses* e, na cena específica do refém, parodiada outra vez em *Tesmoforiantes*, o bebê Orestes da tragédia fora substituído por um saco de carvão, que representava o filho dos carvoeiros acarnenses. O parente descobre que o bebê nada mais é do que um odre de vinho que a mulher trouxe de casa camuflado para beber. Além de ser mais uma crítica ao gosto das mulheres pela bebida, já apresentado em *Lisístrata*, também vemos a transformação de uma *tragoidia* em uma *trygoidia*, i.e., o sangue converte-se em vinho, a tragédia do sacrifício na comédia do banquete. O mesmo vimos em *Lisístrata*, quando o sacrifício-juramento foi convertido em um banquete-juramento: em vez de degolar uma vítima, elas degolam um odre de vinho, que é chamado de varrão, e o vinho que jorra é o sangue de bela cor e bom cheiro, e todas devem jurar sobre a taça e, substituindo a maldição do perjúrio sobre a destruição do perjuro, como a das partes da vítima, vem a de o vinho ser transformado em água. Temos em *Cavaleiros* a mesma transformação, do possível suicídio por beber sangue de touro para a salvação inspirada pelo vinho na leitura do oráculo secreto. O vindimador Trigeu, em *Paz*, é a própria figura do comediógrafo, libertando a deusa Paz e livrando os gregos do julgo do deus Guerra; em *Rãs*, é o próprio deus do vinho e do teatro, Dioniso, que vai ao reino dos mortos, Hades, trazer de lá um tragediógrafo para a vida. Nas outras peças, o vinho se apresenta no banquete final de paz e alegria.

O parente de Eurípides é aprisionado pelas mulheres, que mandam chamar uma autoridade para cuidar do criminoso.

# TESMOFORIANTES

Enquanto ele é vigiado por uma das mulheres, tem uma ideia, ao estilo de Eurípides; desesperado, tenta um artifício retirado do *Palamedes*, peça trágica de Eurípides, também perdida para nós. Iria fazer como o irmão do herói homônimo da peça, que escreveu nos remos e atirou-os à água. Mas, como não havia remos ali, no templo, ele escreveu em pequenas tábuas, atirando-as aos ventos, pois não havia mar por perto. Ao menos as tábuas eram de madeira, assim como os remos.

*5. Parábase: a defesa das mulheres das acusações de Eurípides*
Na espera do resultado do plano do parente de Eurípides, temos a parábase, momento em que os atores se despedem do palco, e o coro, retirando sua máscara, passa a falar diretamente com o público, em nome do poeta e/ou em seu próprio nome. Geralmente, faz elogios ao poeta e pede o primeiro prêmio para a peça que se apresenta, dentre as três que foram escolhidas previamente para ser encenadas durante os festivais. Também faz críticas a alguns cidadãos por mau comportamento. E critica o povo de modo geral, afirmando que traz a justiça para a cidade em seus conselhos. No entanto, com a comédia *As aves*, de 414 a.C., Aristófanes modificou essa parte de suas peças, o coro fala, a partir daí, em seu próprio nome e não se descaracteriza. Nesta comédia, temos o coro feminino falando em seu próprio favor, ou se defendendo das acusações de Eurípides. Adriane Duarte (2000, p. 193-4) propõe que elas estejam respondendo à acusação mais específica de Hipólito (enteado de Fedra), feita na peça homônima de Eurípides. A defesa resume-se em: "Se somos um mal, por que nos guardam?". E afirmam que são melhores do que os homens, pois seus nomes estão ligados à boa luta, vitória, boa lei etc., enquanto o nome dos homens está manchado de covardia e roubo. Ainda reivindicam que

as mães de bons cidadãos deveriam desfrutar de honras (*proedria*, sentar-se na frente, nos festivais femininos, tendo os cabelos soltos), enquanto as mães de maus cidadãos deveriam sentar-se atrás, de cabeça raspada e, se emprestarem dinheiro a juros, não receber os bons juros, já que deram maus frutos, juros, à cidade.

Ao que parece, o parente e sua vigia não saíram do palco. E isso é inédito no teatro de Aristófanes, dentre as peças que possuímos. Mesmo com o tempo transcorrido, demonstrado pela parábase, que, normalmente, separa a primeira parte das ações na comédia, por indicar certo tempo decorrido, para os resultados na segunda parte, Eurípides não apareceu. Na certa, segundo seu parente, ele tinha vergonha do *Palamedes*, por ser muito frio.

### 6. Paródia de Helena e de Andrômeda de Eurípides

Assim, o parente resolve imitar Helena, da peça homônima, que tinha sido apresentada no ano anterior, 412 a.C. Tanto, que já estava vestido de mulher. Então, recita versos quase idênticos aos de Eurípides, interrompido repetidas vezes pela mulher que o vigia. E vemos que, nessa fase, o papel de bufão é transferido para ela, pois, até esse ponto, era atribuído ao parente. Eurípides finalmente aparece vestido de Menelau, o marido de Helena. Há, então, a paródia de uma cena de reconhecimento, tão utilizada na tragédia de Eurípides. Menelau quer levar Helena embora, mas a mulher-vigia não se deixa enganar. Alguns estudiosos afirmam que as mulheres são retratadas como ignorantes do teatro de Eurípides, e mesmo o próprio Eurípides elas parecem desconhecer, ao contrário do que ele diz no início, desculpando-se por não fazer ele próprio o papel de mulher. Isso seria verossímil, uma vez que elas apenas tinham informação por meio dos maridos, já que não iam ao teatro; por

# TESMOFORIANTES

tudo isso, elas não entram na ficção. Podemos acrescentar que, além de representarem a natureza sem artifícios, veremos, mais adiante, outro ponto que será concretizado com o guarda cita, um bárbaro, mais ignorante da língua e cultura helênicas. Percebemos que, depois da parábase, que é a defesa feminina, temos a paródia de *Helena*, peça considerada a retratação de Eurípides para com Helena, divinizada pelos espartanos. Depois de tê-la ofendido duramente nas peças *As troianas* e *Hécuba*, como a responsável pela destruição de Troia, Eurípides tenta se desculpar, trazendo uma Helena de outra versão do mito. Ela não teria ido a Troia com Páris, mas o seu *eidolon* é que foi, enganando a todos. Helena tinha ficado presa no Egito, onde o rei queria desposá-la à força, e Menelau, voltando da guerra, encontrou-a. Ambos se reconheceram e voltaram para Esparta. Ainda hoje, essa peça não é convincente, as mulheres de *Tesmoforiantes* devem ter pensado o mesmo. Chegam, em seguida, o prítane e o guarda cita, e o suposto Menelau sai às pressas, dizendo que jamais abandonará Helena, a não ser que lhe faltem seus inúmeros artifícios. O papel de Eurípides em *Helena* é como o do protagonista de *Desenredo*, conto de Guimarães Rosa, em que a mulher impura é banida da casa e da cidade, mas, sentindo sua falta, o marido traído desfaz os "boatos" de sua traição e a reconduz à sua casa como uma casta mulher, até santificada. O que parece é que Aristófanes compôs essa comédia com vistas a criticar diretamente Helena, pois, com ela, Eurípides usa de retórica demasiada e chega a entrar no campo da comédia.

O parente percebe que Eurípides aparece rapidamente como Perseu, dando-lhe sinal para que ele se transforme em Andrômeda, que faz o par romântico com o herói matador da Górgona Medusa e que dá nome a outra peça de Eurípides, infelizmente perdida para nós. Nesse momento,

# ARISTÓFANES

a fala do parente é andrógina, pois mistura os discursos de Andrômeda, presa a um rochedo esperando a morte, e o parente aprisionado pelo guarda cita (artifício que torna possível a imitação de Andrômeda). Ouve-se a voz da ninfa Eco, que repete os últimos sons que ouve, em tom de mofa. Não se sabe ao certo se é Eurípides que vem vestido de ninfa, pois, além de ele não ser mencionado pelo seu parente como tal, deverá logo depois aparecer como Perseu, e o guarda não o vê, embora este não pareça ocorrer ao parente.

A aparição de Eco é uma personificação cômica da cena em Eurípides, na qual Andrômeda, sozinha, abandonada por todos à morte, ouve apenas o eco de suas lamentações. A cena em Aristófanes é hilariante e parece ser uma forma encontrada pelo comediógrafo de demonstrar o processo de composição de uma paródia e, assim, parodiando a sua própria paródia sobre Eurípides e a deste sobre as mulheres. Eco repete o final de tudo que o parente diz, a ponto de este não suportar mais a sua presença. O guarda cita entra na conversa e é também atormentado por Eco, ainda mais por ter seu grego ruim repetido nas palavras da ninfa.

*7. Os recursos trágicos são substituídos por um cômico*

Mais uma vez, na comédia, Eurípides não consegue enganar ninguém com suas peças. Ora, o guarda cita percebe perfeitamente a realidade (e somente ela), não se deixando enganar pelo disfarce ou pelo texto do poeta, que se vê sem artimanhas, já que, segundo ele, é tempo perdido apresentar teorias novas a brutos (o que faz lembrar a atitude de Sócrates com Estrepsíades, em *Nuvens*).

Eurípides apresenta-se, então, às mulheres, sem disfarces, fazendo com elas as pazes e prometendo-lhes não mais falar mal do sexo feminino, se elas deixarem seu parente livre. Caso contrário, ele revelará aos seus maridos todas as

# TESMOFORIANTES

patifarias que elas fazem atualmente, logo que eles voltem da guerra. Elas deixam o parente livre, mas o guarda cita deve ser convencido por Eurípides.

Eurípides, então, para distrair o guarda, veste-se de velha e traz um flautista acompanhado de uma bailarina, que, fingindo ensaiar para se apresentar a alguns homens, tira a roupa em uma dança sensual, enlouquecendo de desejos o guarda, que empenha as armas para se deitar com ela, deixando a velha (Eurípides) vigiando o parente. Assim, os dois fogem. E temos, então, o final com o guarda voltando chamando pela velha e correndo para todos os lados, sendo enganado pelas indicações do coro. O único artifício bem-sucedido de Eurípides para enganar o bárbaro foi uma mulher real; é provável que ele tenha utilizado de uma prostituta em cenas de nudez feminina e na qualidade de personagens mudas, como a Reconciliação de *Lisístrata*, a Paz e Opora em *Paz*, por exemplo.

# CONSIDERAÇÕES

Bowie, em seu livro *Aristophanes Mith, ritual and comedy*, no capítulo dedicado à *Tesmoforiantes*, sugere que Aristófanes faz nessa peça uma demarcação de limites à tragédia de Eurípides, que teria incorporado traços cômicos especialmente nas duas peças mais recentes: *Helena* e *Andrômeda*. Aristófanes usa técnicas similares às de Eurípides para comprovar que a comédia tem maior flexibilidade e potencial para submeter a tragédia e suas convenções a uma crítica radical. Assim, faz, nessa peça, a paródia de todo um dia do festival, com três tragédias, um drama satírico e uma comédia (*Télefo, Palamedes, Helena* e *Andrômeda*) que, mesmo não sendo um drama satírico, é transformada em um pelo comediógrafo, e uma peça cômica obscena com uma bailarina e um policial (Bowie, 1993, p. 217-225).

Mesmo não se referindo explicitamente à guerra do Peloponeso, Aristófanes faz seu apelo de paz de forma bem acentuada, pondo um ritual de fertilidade às Tesmofórias, na cena do teatro cômico. E ainda brinca com o tema de falar livremente, a *parresia*, coisa que, com certeza, no período em que a peça foi encenada, existia para as coisas antes proibidas ou sagradas, na democracia, e que os novos regimes oligárquicos queriam destruir. Era proibido, por exemplo, mencionar nomes dos envolvidos no governo (temos os nomes de Eurípides, Agatão, Clístenes, por exemplo, que não eram figuras políticas). As mulheres referem-se aos seus nomes sem máculas, em contraste com os nomes manchados dos homens. Levando-se em consideração o período em que foi composta a peça e também *Lisístrata*, 411 a.c., ano da revolução oligárquica em Atenas, sabe-se que foi uma época de medo e suspeitas, uma fase perigosa para se falar abertamente. *Tesmoforiantes* é, na verdade, uma peça de disfarces, mas ela própria é uma máscara feminina utilizada pelo poeta para criticar os homens. Ao utilizar os inúmeros artifícios de Eurípides, Aristófanes parece querer dizer, com isso, que também está elaborando um artifício, ou um meta-artifício, ao apresentar caracteres femininos forjados sobre a paródia dos trágicos, que já é um artifício real, sobre um homem vestido de mulher, mas que desmascara um artifício mais real: o ator do teatro trágico e cômico, vestido como uma personagem feminina, ressaltando que seu modelo é um suposto efeminado, não uma mulher real.

Ana Maria César Pompeu
*Doutora em Língua e Literatura Grega (USP).*
*Professora Associada da Universidade Federal do Ceará (UFC).*

# TESMOFORIANTES
## *ou*
## DEMETERCOREANTES

## Argumento

O Coro é das Tesmoforiantes. Este drama é também um dos compostos contra Eurípides. Das Tesmofórias intitula-se "Tesmoforiantes", de onde também formou-se o Coro. A mulher de Eurípides é Curila; a mãe, Clito. Mnesíloco, parente de Eurípides, pronuncia o prólogo.

**Parente de Eurípides (Parente)**
**Eurípides**
**Servo de Agatão (Servo)**
**Agatão**
**Mulher**
**Coro das Tesmoforiantes (Coro)**
**Primeira Mulher**
**Segunda Mulher**
**Clístenes**
**Prítane**
**Arqueiro**

# TESMOFORIANTES

**PARENTE DE EURÍPIDES**
Ó Zeus, quando uma andorinha aparecerá?[2]
Este homem vai me matar, vagando desde cedo.
Será que, antes de pôr todo o bofe para fora,
eu posso saber de ti aonde me levas, ó Eurípides?

**EURÍPIDES**
Mas não é preciso que ouças tudo o que         05
logo verás diante de ti.

**PARENTE**
Como dizes? Repete.
Não é preciso que eu ouça?

**EURÍPIDES**
Não o que já vais ver.

**PARENTE**
Nem é preciso que eu veja?

**EURÍPIDES**
Não o que é preciso ouvir.

**PARENTE**
Como me aconselhas? No entanto, falas com
habilidade.
Dizes que não preciso ouvir, nem ver?         10

**EURÍPIDES**
Pois é diferente a natureza de cada uma das duas.

**PARENTE**
O não ouvir nem ver?

---

2. Isto é: "quando acabarão meus males?". A andorinha anuncia o fim do inverno.

**EURÍPIDES**
Bem fica sabendo.

**PARENTE**
Como diferente?

**EURÍPIDES**
Assim essas coisas foram separadas um dia.
O éter[3], quando no princípio, foi separado
e em si gerava animais que se movem,                        15
para que pudessem ver, primeiro fabricou
um olho imitado do disco do sol;
e, para a audição furou um funil, os ouvidos.

**PARENTE**
Por causa desse funil não devo ouvir nem ver?
Por Zeus, alegro-me em aprender mais isto.                  20
Assim são mesmo as convivências sábias.

**EURÍPIDES**
Muitas dessas coisas aprenderás de mim.

**PARENTE**
Como então
além dessas coisas boas eu descobriria um modo
ainda de aprender a ser coxo das pernas?

**EURÍPIDES**
Caminha até aqui e presta atenção.

**PARENTE**
Eis-me aqui.                                                25

---

3. Em Eurípides, o éter é relacionado aos simulacros dos seres vivos (*Hel.* 583-4; *Ph.* 1.543; *Ba.* 291-3, 629-31) como princípio vital (*Hip.* 178, *Or.* 1.087). Cf. *Nuvens,* 264; *Tesmoforiantes,* 272; *Rãs,* 892.

**EURÍPIDES**
Vês esta portinha?

**PARENTE**
Sim, por Héracles.
Acho que vejo.

**EURÍPIDES**
Cala, então.

**PARENTE**
Calo a portinha.

**EURÍPIDES**
Escuta.

**PARENTE**
Escuto e calo a portinha.

**EURÍPIDES**
Aqui se encontra morando o famoso Agatão,
o tragediógrafo.

**PARENTE**
Como é esse Agatão?
Há um Agatão...
Acaso é moreno e forte?

**EURÍPIDES**
Não é esse, é outro.

**PARENTE**
Não vi nunca.
Acaso é barbudo?

**EURÍPIDES**
Não viste nunca?

**PARENTE**
Não, por Zeus, não, pelo menos que eu saiba.

**EURÍPIDES**
E tens tu trepado com ele, mas talvez não saibas.   35
Mas vamos nos esconder lá, pois está saindo
um servo dele, com fogo e ramos de mirto,
para sacrificar, parece, ao sucesso da poesia.

**SERVO**
O povo todo seja propício,
boca fechada; pois está presente   40
um tíaso[4] de Musas dentro da casa
do mestre, que compõe um canto.
Que contenha a respiração o sereno éter,
e as ondas brilhantes do mar não façam ruídos...

**PARENTE**
Bum, bum[5]!

**EURÍPIDES**
Cala-te. O que ele diz?   45

**SERVO**
e as aladas raças adormeçam,
e das feras agrestes as patas corre bosque
não se movam...

**PARENTE**
Bum, bum! Bum, bum[6]!

---

4. Grupo de uma festa religiosa.
5. Para reproduzir o som do original *Bombáx*!
6. Para reproduzir o original *Bombalobombáx*!

# TESMOFORIANTES

**SERVO**
Pois já vai o poeta de belos versos, Agatão,
nosso amo...

**PARENTE**
Vai trepar? 50

**SERVO**
Quem foi que falou?

**PARENTE**
O sereno éter.

**SERVO**
Armações comporá e bases de um drama.
E dobra novas rodadas de versos,
E torneia uns, e ajusta outros,
faz sentenças e opõe nomes, 55
e modela e arredonda,
e afunila...

**PARENTE**
E se prostitui.

**SERVO**
Que grosseiro se aproxima deste recinto[7]?

**PARENTE**
O que vai no teu e no do poeta
de belos versos, dentro do recinto, 60
tendo arredondado e torcido
este pênis para afunilar.

---

7. A casa de Agatão é comparada a um templo, como a de Eurípides em
*Acarnenses* e, do mesmo modo que o servo de Agatão é similar ao patrão, também o é o de Eurípides na peça citada.

**SERVO**
Quando jovem, eras mesmo petulante, ó velho!

**EURÍPIDES**
Ó demônio, deixa ele em paz, e tu,
Agatão, aqui para mim chama, por todo meio.      65

**SERVO**
Não supliques, pois ele sairá logo;
é que começa a compor. Inverno então
sendo, dobrar as estrofes não é fácil,
se não vier para fora sob o sol.

**EURÍPIDES**
O que eu faço então?

**SERVO**
Espera até ele sair.      70

**EURÍPIDES**
Ó Zeus, o que planejas fazer comigo hoje?

**PARENTE**
Pelos deuses, eu quero saber
que negócio é esse. Por que gemes? Por que te irritas?
Não deves esconder nada, sendo meu parente.

**EURÍPIDES**
Um grande mal para mim está moldado.      75

**PARENTE**
De que tipo?

**EURÍPIDES**
Hoje será decidido
se vive ainda, ou se está morto, Eurípides.

# TESMOFORIANTES

**PARENTE**
E como? Já que agora nem os tribunais
vão julgar nem há assembleia do Conselho?
Uma vez que estamos no meio das Tesmofórias[8].          80

**EURÍPIDES**
É por isso mesmo que espero morrer,
pois as mulheres conspiraram contra mim
e no Tesmofórion devem se reunir hoje
em assembleia em vista da minha morte.

**PARENTE**
E por quê?

**EURÍPIDES**
Porque delas faço tragédias e falo mal.          85

**PARENTE**
Por, Poseidon, tu sofrerias com justiça.
Mas tu tens algum ardil para sair dessa?

**EURÍPIDES**
Agatão vou persuadir, o tragediógrafo
a ir ao templo das Tesmofórias.

**PARENTE**
Para fazer o quê? Conta-me.

---

8. O segundo dia das Tesmofórias, que eram um festival religioso celebrado anualmente em honra a Deméter e Perséfone ou Core. Somente as mulheres podiam participar dele e entrar no templo das deusas, o Tesmofórion. O nome do festival, que vem de um epíteto de Deméter e sua filha, liga-se a *themós*, que pode significar tanto "lei, princípio estabelecido", como também a *thesmoí* como "coisas acumuladas", do verbo *títhemi*, as quais eram transportadas (-*phoros*) durante o festival. Acontecia em outubro-novembro, associando-se com a fertilidade da terra e com a semeadura. Durava três dias: *Káthodos kaì Ánodos* "Descida e Subida", *Nesteía* "Jejum" e *Kalligéneia* "Bom nascimento" (SOUSA E SILVA, 1978, p. 11-12).

**EURÍPIDES**
Para se reunir com as mulheres e, se for preciso, 90
falar em meu favor.

**PARENTE**
Às claras, ou secretamente?

**EURÍPIDES**
Secretamente. Vestido com roupa de mulher.

**PARENTE**
A coisa é engenhosa e muito do teu estilo;
pois com esse artifício o bolo será nosso.

**EURÍPIDES**
Cala-te.

**PARENTE**
O que é?

**EURÍPIDES**
Agatão está saindo. 95

**PARENTE**
E onde está?

**EURÍPIDES**
Onde está? Este rolando para fora[9].

**PARENTE**
Mas será que estou cego? Pois não vejo
homem nenhum ali, mas vejo Cirene[10].

**EURÍPIDES**
Cala-te; pois ele se prepara para cantar.

---

9. No *ekkýklema*, a máquina do teatro rola o cenário e mostra o interior da casa.
10. Cortesã, citada também em *Rãs*, 1.328.

## TESMOFORIANTES

**PARENTE**
Voltas de formigas, ou o que ele cantarola? 100

**AGATÃO**
A sagrada tocha recebei
das duas deusas ctônias, moças, e com o espírito
livre dançai, gritando...
**(como o Coro)**
Para qual dos numes é este festim?
Diz. Fácil de crer é o meu espírito, 105
quando tem de honrar os deuses...
Avançai, Musas, invocai
o atirador dos arcos de ouro,
Febo, que edificou da região
os vales na terra do Simoente[11]... 110
**(como o Coro)**
Alegra-te, com os mais belos cantos
Febo, em harmoniosas honras
dom sagrado ofertando.
... e ela nas montanhas de carvalhos,
a jovem Ártemis caçadora cantai... 115
**(como o Coro)**
Sigo invocando a augusta
filha de Leto, alegrando,
Ártemis do leito inviolado...
Leto e os instrumentos asiáticos 120
com tons em descompassos e compassos
nas voltas das Graças frígias...
**(como o Coro)**
Venero a senhora Leto

---

11. Febo Apolo e Poseidon construíram as muralhas de Troia nos vales do rio
Simoente.

e cítara mãe dos hinos
por másculo grito estimado...                                    125
sua luz lançou-se nos divinos
olhos e por nosso súbito
olhar. Por isso,
o senhor Febo honra ...
**(como o Coro)**
Salve, feliz filha de Leto.

#### PARENTE

Que doce melodia, ó senhoras Genitálias,                          130
Feminina, como um beijo de língua
lascivo, tanto que, ao ouvi-la,
no assento bem aqui, veio-me cócegas.
E tu, ó rapaz, se és um, como Ésquilo
na *Licurgia* quero interrogar-te[12].                            135
De onde vem o efeminado? Qual pátria? Qual veste?
Que confusão de vida? O que uma lira
diz a um vestido açafrão? E uma pele a um lenço de cabeça?
O que dizem um frasco e uma faixa? Que não combinam.
E o que há em comum entre um espelho e um punhal?    140
Tu mesmo, ó rapaz, se como homem te formas
onde está teu pênis? E o manto? E os sapatos espartanos?
Mas e como Mulher? Então onde estão tuas tetas?
O que dizes? O que calas? Do teu canto então
devo examinar-te, já que tu mesmo                                 145
não queres explicar.

---

12. De acordo com o escoliasta, *Licurgia* é uma tetralogia de Ésquilo, compre-
endendo as três tragédias: *Os Edônios*, *As Bassárides* e *Os Jovens*, e o drama
satírico *Licurgo*.

# TESMOFORIANTES

**AGATÃO**
Ó velho, velho, a censura do invejoso.
Ouvi, mas não me atingiu a dor;
eu trago a veste igual ao espírito,
pois é preciso que o poeta homem conforme as peças
que deve compor tenha modos combinados com elas[13]. 150
Por exemplo, se algum compõe peça com mulheres,
participação desses modos o corpo deve ter.

**PARENTE**
Então galopas, quando compões uma Fedra?

**AGATÃO**
Peça de homem se algum compõe, no corpo
está disponível isto, mas o que não possuímos,                155
a imitação já captura juntamente.

**PARENTE**
Quando sátiros então compuseres, chama-me,
para que eu te auxilie por trás em ereção.

**AGATÃO**
Ademais, é discordante ver um poeta
grosseiro e peludo. Mas observa que                            160
aquele Íbico, Anacreonte de Teos
e Alceu[14], que tornaram a harmonia saborosa,
usavam mitra e se efeminavam jonicamente.
E Frínico[15], deves ter ouvido falar,
ele era belo e belamente se vestia;                            165

---

13. Em *Acarnenses* (v. 410 s.), Eurípides, para compor coxos e mendigos, veste-se de trapos e está pendurado pelos pés.
14. Poetas líricos.
15. Poeta trágico anterior a Ésquilo.

e por isso seus dramas também eram belos.
Pois, conforme a sua natureza, é necessário compor.

**PARENTE**
Por isso, então, Fílocles, sendo feio, compõe feamente.
E Xênocles, sendo mau, compõe mal,
E Teógnis, sendo frio, compõe friamente[16].            170

**AGATÃO**
Necessariamente. Pois, sabendo disso, eu
de mim mesmo passei a cuidar.

**PARENTE**
Como, pelos deuses?

**EURÍPIDES**
Para de latir; pois eu também era assim,
sendo jovem, quando comecei a compor.

**PARENTE**
Por Zeus, não invejo a tua educação.                    175

**EURÍPIDES**
Mas me deixa dizer por que vim.

**PARENTE**
Fala.

**EURÍPIDES**
Agatão, "como um homem sábio, que em breves palavras
longos discursos é capaz de resumir bem"[17],
eu por uma desgraça nova ferido,
suplicante, venho a ti.

---

16. Fílocles, Xênocles e Teógnis são poetas trágicos contemporâneos de Aristófanes.

17. Citação de *Éolo*, tragédia perdida de Eurípides.

# TESMOFORIANTES

**AGATÃO**
Tendo necessidade de quê?   180

**EURÍPIDES**
Estão prestes as mulheres a me matar hoje
nas Tesmofórias, porque falo mal delas.

**AGATÃO**
Em que então podemos te ser úteis?

**EURÍPIDES**
Em tudo. Pois se te sentares às ocultas
entre as mulheres, de modo a pareceres ser mulher,   185
e me defenderes, evidentemente irás me salvar.
Pois somente tu falarias de modo digno de mim.

**AGATÃO**
Então por que tu mesmo não te defendes te apresentando?

**EURÍPIDES**
Eu te direi. Primeiro, sou conhecido;
depois, sou grisalho e tenho barba,   190
mas tu tens bela face, és branco, barbeado,
tens voz de mulher, és delicado, belo de ver.

**AGATÃO**
Eurípides...

**EURÍPIDES**
O que é?

**AGATÃO**
Tu compuseste um dia:
"Tu te alegras vendo a luz, achas que teu pai não se alegra?"[18].

---

18. Citação de *Alceste* 691.

51

**EURÍPIDES**
Compus mesmo.

**AGATÃO**
Não esperas agora que o teu mal      195
nós suportemos. Pois também seríamos loucos.
Mas suporta tu mesmo o que te é próprio.
Pois as desgraças não é justo suportá-las
com artifícios, mas com passividade.

**PARENTE**
E tu, ó pervertido, és um cu arrombado      200
não com palavras, mas com passividade.

**EURÍPIDES**
O que é que temes ao ir lá?

**AGATÃO**
De forma pior eu pereceria do que tu.

**EURÍPIDES**
Como?

**AGATÃO**
Como?
Parecendo das mulheres as obras noturnas
roubar e arrebatar a Cipris feminina.      205

**PARENTE**
Vejam essa, roubar, por Zeus, trepar, na verdade.
Mas o pretexto é justo, por Zeus.

**EURÍPIDES**
E então, farás isso?

**AGATÃO**
Não contes com isso.

# TESMOFORIANTES

**EURÍPIDES**
Ó três vezes infeliz, estou perdido.

**PARENTE**
Eurípides, ó caríssimo,
ó meu parente, não te entregues.                    210

**EURÍPIDES**
Como farei, então?

**PARENTE**
Este aí manda
chorar muito, toma-me, faz de mim o que quiseres.

**EURÍPIDES**
Vamos então, já que te dás a mim,
retira este manto.

**PARENTE**
Eis aí ao chão.
Mas o que pretendes me fazer?

**EURÍPIDES**
Raspar isto                                          215
e queimar-te por baixo.

**PARENTE**
Faz então, se a ti agrada,
ou eu não deveria ter me oferecido.

**EURÍPIDES**
Agatão, tu deves portar sempre uma navalha[19],
empresta-nos uma agora.

---

19. Hábito feminino, pois somente as mulheres se depilavam; os homens não raspavam a barba.

**AGATÃO**
Pega-a tu mesmo
dentro do estojo.

**EURÍPIDES**
Tu és gentil.                                               220
Senta-te e enche a face direita.

**PARENTE**
Ai de mim!

**EURÍPIDES**
Por que gritas? Enfio-te uma estaca
se não te calares.

**PARENTE**
Ai, ai! Ai, ai! Ai, ai.

**EURÍPIDES**
Hei, tu, para onde corres?

**PARENTE**
Para as deusas augustas[20],
pois, por Deméter, não fico mais aqui            225
para ser cortado.

**EURÍPIDES**
Então ficarás ridículo assim,
a metade do rosto tendo pelada?

**PARENTE**
Pouco me importa.

**EURÍPIDES**
Não, pelos deuses,
não me abandones. Vem aqui.

---

20. Para o templo das Eumênides, onde os suplicantes se refugiavam.

# TESMOFORIANTES

**PARENTE**
Infeliz de mim.

**EURÍPIDES**
Não te movas e levanta a cabeça. Aonde te viras?     *230*

**PARENTE**
Mu, mu!

**EURÍPIDES**
Por que muges? Tudo está bem acabado.

**PARENTE**
Ai, infeliz, pelado[21] servirei, então, ao exército.

**EURÍPIDES**
Não te preocupes, pois te mostrarás muito belo.
Queres contemplar-te?

**PARENTE**
Se queres, vamos!

**EURÍPIDES**
Tu te vês?

**PARENTE**
Não, por Zeus, mas vejo Clístenes[22].     *235*

**EURÍPIDES**
Levanta-te, para que eu te queime, fica inclinado.

**PARENTE**
Ai, infeliz, vou me tornar um porquinho[23].

---

21. A palavra *psilós* significa tanto "sem pelo" como "desarmado".

22. Efeminado muito citado por Aristófanes.

23. Além da referência culinária, há, na palavra, a referência obscena para o órgão feminino.

**EURÍPIDES**

Tragam daí de dentro uma tocha ou uma lamparina.
Inclina-te; agora cuidado com a ponta do rabo!

**PARENTE**

Eu me cuidarei, por Zeus,
a não ser que eu me queime. 240
Ai de mim, infeliz. Água, água, ó vizinhos,
antes que meu fundo seja tomado pelas chamas.

**EURÍPIDES**

Coragem!

**PARENTE**

Que coragem, quando o fogo me destrói.

**EURÍPIDES**

Mas não há mais nada; pois a pena maior
está terminada.

**PARENTE**

Fu, ui, que fuligem! 245
Estou todo queimado ao redor do fundo.

**EURÍPIDES**

Não te preocupes, pois Sátiro passará a esponja aí.

**PARENTE**

Ele lamentará se vier lavar o meu cu.

**EURÍPIDES**

Agatão, já que recusas te oferecer,
então empresta-nos um manto e um corpete 250
para este aí; pois não vais dizer que não tens tais coisas.

## TESMOFORIANTES

**AGATÃO**
Tomai e usai; não nego.

**PARENTE**
O que pego, então?

**EURÍPIDES**
O quê? Pega primeiro o manto açafrão e veste-o.

**PARENTE**
Sim, por Afrodite, que cheiro doce de vareta.
Ajuda-me, apertando. Vamos, agora o corpete.

**EURÍPIDES**
Eis aí.                                             255

**PARENTE**
Vamos, arruma, então, o manto em torno das pernas.

**EURÍPIDES**
Faltam uma redinha e um turbante.

**AGATÃO**
Esta, então,
põe em torno da cabeça, a que uso à noite.

**EURÍPIDES**
Por Zeus, mas é muito adequada.

**PARENTE**
Pareço bem, então?

**EURÍPIDES**
Por Zeus, está o melhor.                            260
Passa um vestido.

**AGATÃO**
Pega-o sobre a cama.

**EURÍPIDES**
Faltam os sapatos.

**AGATÃO**
Toma estes meus.

**PARENTE**
Pareço bem? Tu não gostas de mantê-los largos.

**AGATÃO**
Tu sabes isso. Mas, já tens o que precisas,
para dentro o mais rápido rolem-me. 265

**EURÍPIDES**
Homem eis o nosso e também mulher
pela aparência. Se falares, faz com que a voz
efeminizes com beleza e convenientemente.

**PARENTE**
Tentarei.

**EURÍPIDES**
Caminha, então.

**PARENTE**
Não, por Apolo, se não
me jurares...

**EURÍPIDES**
O quê?

**PARENTE**
Que irás me socorrer, 270
por todos os meios, se eu cair em algum mal.

# TESMOFORIANTES

**EURÍPIDES**
Juro, então, pelo éter, palácio de Zeus[24].

**PARENTE**
Por que não, de preferência, pela casa de Hipócrates[25]?

**EURÍPIDES**
Juro, então, por todos os deuses, sem exceção.

**PARENTE**
Lembra-te, então, disto, que a alma jurou,                    275
mas a língua não jurou, nem eu fiz juramento[26].

**EURÍPIDES**
Deixa disso. Despede-te logo; que da assembleia
o sinal no Tesmofórion mostra-se.
Eu vou-me embora.

*[Mudança de cenário para o interior do Tesmofórion,
onde o coro de celebrantes das Tesmofórias se reúne,
e o Parente de Eurípides desempenha seu papel como
uma delas.]*

**PARENTE**
Aqui, ó Trata, segue.
Ó Trata, olha, enquanto os archotes queimam                    280
quanta gente sobe sob a fumaça.
Mas, ó muito belas Tesmóforas, acolhei-me
com boa sorte aqui e quando eu voltar para casa.

---

24. Verso de *Melanipa* (fragmento 491), peça perdida de Eurípides.

25. Os três filhos do general Hipócrates tinham fama de ser estúpidos. Então, por ironia, o Parente associa o "palácio de Zeus" à "casa de Hipócrates".

26. Paródia de *Hipólito* 612.

# ARISTÓFANES

Ó Trata, abaixa o cesto e, então, dele retira
o bolo, para que eu o tome e sacrifique às duas deusas. 285
Senhora honradíssima, cara Deméter
e Perséfone, possa eu muitas e muitas vezes
oferecer-te sacrifício, se agora eu passar despercebido.
E a minha filha, bela porca, possa encontrar
um marido rico, mas também tolo e imbecil, 290
e quanto à vareta que eu tenha mente e juízo.
Onde, onde eu me sento bem para que as oradoras
eu ouça? E tu, ó Trata, parte, distancia-te;
pois não é permitido aos escravos ouvir os discursos.

**MULHER**
Silêncio, silêncio. Orai às duas
Tesmóforas, a Pluto e a Caligenia[27] e
à Nutriz da juventude[28], a Hermes e às Graças, 300
esta assembleia e reunião de hoje a mais bela
e melhor se faça, muito útil para a cidade
dos atenienses, e de sorte para vós mesmas. E a que 305
fizer e discursar o melhor acerca do povo
dos atenienses e das mulheres, esta vencerá.
Por isso, orai e por vosso próprio bem. Eh peão, 310
eh peão, eh peão. Alegremo-nos.

**CORO**
Aprovamos e suplicamos
à raça dos deuses que mostre
alegrar-se com estas preces.
Zeus de grande nome e tua lira de ouro, 315

---

27. Epíteto de Deméter, "a que produz coisas boas", e nome do terceiro dia do festival das Tesmofórias.

28. Segundo Van Daele (1973, p. 31) aqui se refere à Terra, mas é um epíteto atribuído também a Afrodite, a Ártemis e a Hécate.

## TESMOFORIANTES

que tens Delos sagrado,
e tu, virgem toda poderosa de olhos brilhantes,
de áurea lança que habita
cidade invejada, vem aqui;
e tu, de muitos nomes, matadora de feras, 320
de Leto de olhos dourados rebento,
e tu, augusto marinho Poseidon,
rei dos mares,
deixando a profundeza piscosa
furiosa, e vós, virgens do marinho Nereu, 325
e vós, Ninfas que erram nas montanhas.
Que uma lira dourada
toque com nossas preces;
e perfeitamente façamos
a assembleia, nobres
mulheres de Atenas. 330

### MULHER

Orai aos deuses olímpicos
e às olímpicas, aos píticos
e às píticas, aos délios
e às délias, e a todos os outros deuses.
Se alguém conspirar algum mal ao povo 335
das mulheres, ou enviar arautos
a Eurípides e aos medas sobre algum prejuízo
ao povo das mulheres, ou planejar ser tirano,
ou ajudar a repor o tirano, ou denunciar
uma mulher com um filho postiço, ou uma serva 340
seduzindo a patroa vá cochichar no ouvido do patrão,
ou encarregada de uma mensagem portar mentiras,
ou se um amante enganar dizendo mentiras
e não dê jamais o que prometeu,
ou presentes uma mulher velha dê a um amante, 345

# ARISTÓFANES

ou a cortesã receba e vá trair o amigo,
e se o taberneiro ou a taberneira do côngio
e do cótilo na medida legal enganar,
rogai para que pereça de modo terrível este
e sua família, suplicai para vós outras      350
que os deuses vos deem todas as coisas boas.

## CORO

Oramos contigo para que estes votos
se realizem plenamente
para a cidade e para o povo,
e as melhores coisas aconteçam      355
para quem vencer nos discursos. Mas a todas
que enganarem e transgredirem os
juramentos estabelecidos
por seu interesse e nosso prejuízo,      360
ou que procurem transformar
os decretos e a lei,
revelando os segredos
aos nossos inimigos,
ou façam vir os medas      365
contra o país para nosso prejuízo,
estas são injustas e ímpias para a cidade.
Mas, ó todo-poderoso
Zeus, confirma estes votos, para
que nos sejam favoráveis os deuses,      370
embora sejamos mulheres.

## MULHER

Escutai todas. Isto decidiu o conselho
das mulheres: Timocleia sendo presidente;
Lisila, a secretária; e Sóstrata, a oradora:      375
fazer uma assembleia na manhã do dia
do meio das Tesmofórias, quando nós temos mais folga,

# TESMOFORIANTES

e deliberar primeiro sobre Eurípides,
o que ele deve sofrer; pois que comete injustiça
todas concordamos. Quem quer se pronunciar?

**PRIMEIRA MULHER**
Eu.

**MULHER**
Põe, então, esta coroa antes de falar. 380

**CORO**
Silêncio, calem-se, atenção! Pois ela já tosse
como fazem os oradores. Parece que seu discurso é longo.

**PRIMEIRA MULHER**
Não foi por ambição minha, pelas duas deusas,
que me levantei para falar, ó mulheres;
pobre de mim, há muito tempo suporto forçosamente 385
ver que somos ultrajadas por
Eurípides, filho da vendedora de legumes,
e ouvir muitas maldades, de toda espécie.
Pois de qual injúria ele não nos cobre?
E, quando não nos calunia, por poucos que 390
sejam os espectadores, os atores e coros,
as levianas, as apaixonadas por homens nos chama,
as bebedoras de vinho, as traidoras, as tagarelas,
as sem valor, a grande desgraça dos maridos?
De modo que, logo que saem do teatro, 395
olham-nos com desconfiança e logo procuram
se há algum amante escondido em casa.
Mas não podemos mais fazer nada do que fazíamos
antes; tais foram as maldades que este ensinou
aos nossos maridos. Assim, se uma mulher
trança uma coroa, julga-a apaixonada; se quebra 400

# ARISTÓFANES

algum utensílio no vaivém da casa,
o marido pergunta: "por quem quebraste a panela?
Não há como não ser pelo hóspede coríntio"[29].
Se uma moça adoece, logo o irmão diz:               405
"a cor desta jovem não me agrada".
Pois bem. Uma mulher privada de filhos
quer um suposto, nem isso pode ocultar.
Pois os maridos agora estão muito próximos;
diante dos velhos que antes se casavam               410
com as jovens, caluniam-nos, que nenhum velho
quer casar com mulher por causa deste verso:
"Pois do velho que a desposa, a mulher é a dona"[30].
Então, por isso nos aposentos das mulheres
põem agora lacres e ferrolhos,               415
para nos guardar, e além disso cães molossos
criam espantalhos para os amantes.
E isso ainda é perdoado, mas o que fazíamos antes
nós mesmas administrar a casa e ir à dispensa buscar
farinha, azeite, vinho, nem isso mais               420
é permitido. Pois os homens mesmos agora
portam chavinhas secretas, as mais malvadas,
umas lacônias, de três dentes.
Antes, então, era possível abrir a porta
mandando fazer um anel por três óbulos;               425
mas agora este Eurípides, a ruína dos lares,
ensinou-lhes a portar pequenos sinetes carcomidos
pendurados neles. Então, por isso, parece-me
que devemos maquinar a sua ruína de qualquer maneira,

---

29. Referência à peça perdida de Eurípides *Estenobeia*, em que a protagonista homônima, esposa de Preto, se distrairia apaixonada pelo hóspede coríntio Belerofonte.

30. Citação de *Fênix*, tragédia perdida de Eurípides.

# TESMOFORIANTES

ou por venenos ou outro meio 430
para que morra. Isso eu falo em público,
o restante redigirei com a secretária.

**CORO**
Jamais ouvi mulher
mais astuta do que esta 435
nem mais hábil falando.
Pois tudo o que diz é justo;
examinou todos os aspectos,
sustentou tudo no espírito e, prudentemente,
encontrou variados argumentos
bem investigados.
Tanto que, se falasse junto dela, 440
Xênocles[31], filho de Carcino, pareceria,
a vós todos, como penso,
que ele absolutamente nada diz. 442

**SEGUNDA MULHER**
E eu me aproximo para poucas palavras.
Pois as outras coisas ela já expôs bem;
mas o que eu sofri, isso quero dizer. 445
É que meu marido morreu no Chipre
deixando cinco filhos pequenos, que duramente
sustentava entrançando coroas no mercado dos mirtos.
Desde então, eu os sustentava meio mal;
mas agora este que faz tragédias 450
persuadiu os homens de que não há deuses;
a ponto de não vendermos nem a metade.
Então, a todos aconselho e digo

---

31. O mesmo mencionado no verso 169, cujo pai, Carcino, também era poeta
trágico.

para castigar este homem por muitas razões;
pois males selvagens nos faz, ó mulheres,                   455
como em hortaliças selvagens foi criado.
Mas vou para ágora; pois devo entrançar
vinte coroas encomendadas para uns homens.

## CORO

Eis um outro espírito
que se mostrou ainda mais hábil                             460
que o anterior.
Quanto palavreado
não inoportuno, tendo senso
e espírito astuto, nem
ininteligível, mas todo conveniente.
É preciso que apliquemos ao autor destes                   465
ultrajes um castigo visível.

## PARENTE

O fato de vocês, mulheres, estarem tão irritadas           466
com Eurípides, depois de ouvirem essas maldades,
não é surpresa, nem de estarem fervendo de ódio.
Quanto a mim – assim eu possa usufruir dos filhos –,
no entanto, é preciso que nos expliquemos entre nós;   470
pois estamos sozinhas e nenhuma palavra sairá daqui.
O que temos para acusar aquele sujeito
e suportarmos dificilmente, se duas ou três
maldades disse sabendo bem que fazemos inúmeras?   475
Pois eu mesma, em primeiro lugar, para não falar de outra,
sei bem das minhas maldades; aquela, então,
a mais terrível, quando casada há três dias,
e o meu marido dormia junto a mim. Eu tinha um amante,
que tinha me desflorado aos sete anos.                     480
Este, pelo desejo, tinha vindo roçar à minha porta.
Logo compreendi; então, desci da cama devagarinho.

# TESMOFORIANTES

Mas meu marido perguntou: "Para onde desces? Aonde vais?"
"Sinto cólica na barriga, ó marido, estou mal;
então vou ao banheiro." "Então vai." 485
Daí ele esmagava grãos de zimbro, endro e sálvia.
Eu joguei água sobre os ferrolhos
e fui encontrar o amante, depois apoiei-me
perto do altar de Agieu[32], curvando-me encostada ao loureiro.
Isto jamais Eurípides disse, vejam vocês! 490
Nem que trepamos com escravos
e muleiros, quando não temos outro ele não disse;
quando em trepadas mais longas com um qualquer
à noite, pela manhã mastigamos alho,
para que, pelo cheiro, o marido vindo da guarda, 495
não suspeite de que agimos mal. Isto, vês,
ele jamais disse. E, se insulta Fedra,
o que tem a ver conosco? Ele contou aquele caso
que uma mulher mostrando o vestido ao marido
para vê-la sob a luz do dia, fez escapar 500
o amante escondido? Não disse isso também.
E eu sei de outra mulher que dizia ter dores
há dez dias, enquanto comprava um filho.
E o marido a dar voltas para comprar algo
para apressar o parto;
mas uma velha o trouxe, o filho, numa panela, 505
e, para que ele não gritasse, pôs nele uma chupeta de cera.
Então, quando a velha que o trouxe fez sinal, logo ela grita:
"Afasta-te, afasta-te, pois me parece, ó marido,
que já vou parir". É que a criança chutou o ventre da panela.
E ele se pôs a correr alegre, e ela arrancou a cera 510
da boca do menino, que começou a gritar.

---

32. Agieu, ou "da rua", era um pequeno altar de Apolo, erguido na rua próximo a um loureiro, árvore consagrada ao deus (VAN DAELE, 1973. p. 38).

Logo a velha impura, que trazia a criança;
corre sorrindo para o marido e diz:
"Um leão, um leão nasceu para ti, é a tua cara,
além de todas as outras coisas, até o pintinho          515
é semelhante ao teu, redondo como uma pinha".
Não fazemos essas maldades? Sim, por Ártemis,
fazemos. E depois nos irritamos contra Eurípides,
nada sofremos mais do que cometemos.

**CORO**
Isto é mesmo espantoso,
Onde essa peça foi achada?                              521
E que país alimentou
essa mulher tão atrevida?
Falar essas coisas, a perversa,
às claras e tão descaradamente,                        525
eu não poderia imaginar que entre nós
ela ousaria isto.
Mas agora tudo pode acontecer.
Eu louvo o antigo provérbio: sob cada pedra é preciso
espreitar para que um orador[33] não te morda.        530
Pois não há nada pior, em todas as coisas, do que mulheres
desavergonhadas por natureza, exceto as mulheres.

**PRIMEIRA MULHER**
Não, por Aglauro[34], ó mulheres, vocês não ponderam bem,
mas ou foram envenenadas ou acometidas de um grande mal,
deixar essa peste ultrajar assim                       535
todas nós. Então, se há alguém... , se não nós

---

33. Substitui, surpreendentemente, o escorpião, numa antiga canção, de acordo com o escoliasta (VAN DAELE, 1973, p. 39).

34. Filha de Cécrops, rei lendário da Ática, e sacerdotisa da deusa Atena.

# TESMOFORIANTES

mesmas e as escravas pegando cinza onde for
pelaremos a bacorinha desta, para aprender
a não mais falar mal das mulheres, sendo mulher.

**PARENTE**

A bacorinha não, ó mulheres. Pois, se há liberdade    540
de expressão e todas as cidadãs podem falar,
então eu disse o que reconheci justo sobre Eurípides,
por isso devo ser castigada sendo depilada por vocês?

**PRIMEIRA MULHER**

Então não deves ser castigada? A única que se atreveu
a defender um homem que nos causou tanto mal,
buscando de propósito temas em que havia uma mulher   546
perversa, criando Melanipas e Fedras[35]; mas nunca fez
uma Penélope, que parecia ser uma mulher sensata.

**PARENTE**

Pois eu sei a razão disso. Não se poderia citar uma
Penélope entre as mulheres de hoje, todas sem exceção
são Fedras.

**PRIMEIRA MULHER**

Vocês estão ouvindo, ó mulheres, o que a miserável diz   551
de todas nós de novo.

**PARENTE**

E, por Zeus, eu não disse
tudo o que sei ainda; vocês querem que eu diga mais?

**PRIMEIRA MULHER**

Mas tu não poderias; pois derramaste tudo o que sabias.

---

35. Exemplos de mulheres perversas, enquanto Penélope, esposa de Odisseu,
era o modelo de fidelidade.

**PARENTE**

Não, por Zeus, nem a milésima parte do que fazemos.   555
Pois vê, eu não disse isso: que pegando as esponjas
sugamos em seguida o vinho...

**PRIMEIRA MULHER**

Pereças!

**PARENTE**

Que damos as carnes das Apatúrias[36] às alcoviteiras,
depois dizemos que a doninha...

**PRIMEIRA MULHER**

Infeliz de mim; dizes tolices.

**PARENTE**

Nem que outra matou o marido com um machado,      560
não disse; nem que outra enlouqueceu o marido com veneno;
nem que sob a banheira enterrou um dia...

**PRIMEIRA MULHER**

Que morras!

**PARENTE**

...Ao pai uma acarnense[37].

**PRIMEIRA MULHER**

Pode-se suportar ouvir isso?

**PARENTE**

Nem que tu, tendo a escrava parido um menino,
tomaste este para ti, e deu-lhe a tua filhinha.

---

36. Festival anual em homenagem a Zeus Frátrios e Atena Frátria pelos membros das frátrias.

37. Do demo ou povoado ático Acarnes.

**PRIMEIRA MULHER**
Não, pelas duas deusas, tu não ficarás impune dizendo isso, 566
mas arrancarei os teus cabelos.

**PARENTE**
Por Zeus, tu não me tocarás.

**PRIMEIRA MULHER [batendo no Parente]**
Toma, então!

**PARENTE [bate de volta]**
Toma, então!

**PRIMEIRA MULHER**
Pega o manto, Filiste.

**PARENTE**
Toca-me apenas e, por Ártemis, eu te...

**PRIMEIRA MULHER**
O que farás?

**PARENTE**
Farei com que defeques o bolo de sésamo que devoraste.

**CORO**
Parem de se insultar, pois uma mulher para cá          571
corre apressada. Antes de ela chegar aqui,
calem-se, para que ouçamos bem o que dirá.

**CLÍSTENES**
Caras mulheres, minhas parentes pelos hábitos,
que sou seu amigo é evidente nas faces,          575
pois sou louco por mulher e sempre sou seu protetor.
E tendo ouvido algo grave sobre vocês, agora
há pouco, que era o falatório na ágora,

venho para contar isto e adverti-las, para que
fiquem atentas e vigiem, para que não lhes caia                    580
de surpresa uma coisa grande e terrível.

### CORO
O que é, ó criança? Pois convém chamar-te criança,
enquanto tens as faces assim, raspadas.

### CLÍSTENES
Dizem que Eurípides enviou hoje aqui
um parente dele, um homem velho.                                    585

### CORO
Para fazer o que ou com que intenção?

### CLÍSTENES
Para que fosse um espião dos seus discursos,
nas coisas que vocês decidissem e estivessem prestes a fazer.

### CORO
E como não é percebido, sendo um homem entre as mulheres?

### CLÍSTENES
Eurípides o queimou e o depilou                                     590
e em tudo o mais preparou-o como uma mulher.

### CORO
Vocês acreditam no que ele diz? Que homem
é tão tolo, que se deixaria depilar?
Eu não creio, ó duas deusas muito honradas.

### CLÍSTENES
Dizes tolices. Pois eu não viria dar notícia,                       595
se não tivesse ouvido tais coisas de quem sabe bem.

### CORO
É terrível o que nos comunica.

## TESMOFORIANTES

Ó mulheres, é preciso não perder tempo,
mas observar esse homem e procurar onde
possa estar oculto, sentado entre nós.        600
E, tu, ajuda-nos a encontrá-lo, para que
tenhas esta e aquela gratidão, ó nosso protetor.

**CLÍSTENES**
Vejamos, primeiro tu, quem és?

**PARENTE**
Para onde escaparei?

**CLÍSTENES**
Pois é preciso examiná-las.

**PARENTE**
Infeliz de mim!

**PRIMEIRA MULHER**
Tu perguntas quem sou eu? A mulher de Cleônimo.   605

**CLÍSTENES**
Vocês sabem quem é esta mulher?

**CORO**
Sem dúvida que sabemos; mas investiga as outras.

**CLÍSTENES**
E esta, então, quem é, que porta
uma criança?

**PRIMEIRA MULHER**
É a minha nutriz, por Zeus.

**PARENTE**
Estou perdido!

# ARISTÓFANES

**CLÍSTENES**
Ei, tu, para onde vais? Fica aqui. O que há de mal?   610

**PARENTE**
Deixa-me urinar; és um desavergonhado.

**CLÍSTENES**
Faz, então, isso. Pois te espero aqui.

**CORO**
Espera, sim, e a observa bem;
pois é a única, ó homem, que não conhecemos.

**CLÍSTENES**
Tu urinas durante longo tempo.

**PARENTE**
Sim, por Zeus, meu caro,   615
pois tenho retenção na urina; ontem comi agriões.

**CLÍSTENES**
Por que falas em agriões? Vem aqui, até mim.

**PARENTE**
Por que, então, me empurras, eu estando doente?

**CLÍSTENES**
Diz-me
quem é teu marido?

**PARENTE**
Perguntas o meu marido?
Conheces o tal, o de Cotócides[38]?   620

**CLÍSTENES**
O tal? Qual?

---

38. Demo da Ática.

**PARENTE**
É o tal, que uma vez com
outro tal, o filho do tal...

**CLÍSTENES**
Acho que dizes lorotas.
Já vieste aqui antes?

**PARENTE**
Sim, por Zeus,
todo ano.

**CLÍSTENES**
E quem é a tua companheira de tenda?

**PARENTE**
A tal está comigo. Ai, infeliz!

**CLÍSTENES**
Nada dizes.                                              625

**PRIMEIRA MULHER**
Afasta-te, pois eu irei interrogá-la bem
sobre os ritos do ano passado. E tu fica longe de mim,
para que não ouças, já que és homem. Mas tu dize-me
qual foi o primeiro ritual que celebramos?

**PARENTE**
Vejamos, qual era mesmo o primeiro? Bebíamos.       630

**PRIMEIRA MULHER**
E qual foi o segundo depois desse?

**PARENTE**
Brindávamos.

**PRIMEIRA MULHER**
Ouviste isso de alguém. E o terceiro?

**PARENTE**
Xenila pediu um vaso, pois não havia bacia.

**PRIMEIRA MULHER**
Não falas nada. Vem aqui, aqui, ó Clístenes.
É este o homem de quem falas.

**CLÍSTENES**
O que faço, então? 635

**PRIMEIRA MULHER**
Despe-o; pois não fala nada sensato.

**PARENTE**
E então ireis despir uma mãe de nove filhos?

**CLÍSTENES**
Afrouxa rápido o corpete, ó desavergonhado!

**PRIMEIRA MULHER**
Como ela é robusta e forte;
e, por Zeus, ela não tem tetas como nós. 640

**PARENTE**
É que sou estéril e jamais estive grávida.

**PRIMEIRA MULHER**
Agora; mas eras, então, mãe de nove filhos.

## TESMOFORIANTES

**CLÍSTENES**
Fica em pé reto. Para onde lanças o pênis[39] aí embaixo?

**PRIMEIRA MULHER**
Eis que ele olha atravessado e tem bela cor, ó coitado.

**CLÍSTENES**
E onde está?

**PRIMEIRA MULHER**
De novo vai para a frente.                                645

**CLÍSTENES**
Não está deste lado.

**PRIMEIRA MULHER**
Mas está aqui de novo.

**CLÍSTENES**
Tens um istmo, ó homem; para cima e para baixo
arrastas o pênis mais vezes do que os coríntios.

**PRIMEIRA MULHER**
Ó, este impuro. Por isso a favor de Eurípides
nos insultava.

**PARENTE**
Infeliz de mim,                                           650
para quais negócios rolei-me.

**PRIMEIRA MULHER**
Vamos, o que fazemos?

**CLÍSTENES**
Vigiem-no bem, para que não se vá fugindo;
e eu informarei os prítanes sobre essas coisas.          654

---

39. O falo pendurado como acessório do ator cômico.

## ARISTÓFANES

**CORO**

Nós então depois disso, com as tochas acesas,
as túnicas bem apertadas e virilmente tendo despido os
mantos,
procuremos se de algum modo outro homem entrou, e
a Pnix[40] toda, as cabanas e as saídas examinar.
Eia, então, antes de tudo, é preciso lançar um pé ligeiro
e examinar em silêncio em toda a parte. É preciso só    660
não tardar, que é o momento de não mais hesitar,
É preciso que a primeira corra agora o mais rápido ao círculo.
Eia, então, segue a pista e
procura rápido tudo, se algum outro
firme nestes lugares
também se encontra oculto.
E por toda a parte lança a vista,    665
e aqui e ali
tudo examina bem.
Pois, se me passa tendo cometido uma impunidade,
farei justiça e, além disso,
aos outros homens será
exemplo dos soberbos, dos de obras injustas    670
e dos de modos ateus;
e dirá em público que existem deuses,
ensinará ainda
a todos os homens a venerar os numes
e com justiça cumprir atos pios e legais,    675
cuidadoso em fazer o que é bom.
E se não fizerem estas coisas será assim:
quando algum deles for apanhado não fazendo coisas pias,
ardendo em loucuras, em furor delirante,    680

---

40. Colina onde aconteciam as assembleias.

se algo fizer, será visível a todos,
a mulheres e mortais,
que os atos ilegais e os impiedosos 685
o deus imediatamente fará pagar.
Parece que tudo foi inspecionado por nós devidamente.
Pelo menos não vemos mais nenhum outro sentado entre nós.

**PRIMEIRA MULHER** [ao Parente que está tentando fugir]
Hei, para onde tu foges? Tu mesmo não ficas?
Infeliz de mim, infeliz e o filhinho sumido 690
tendo-me arrancado do peito o filhinho.

**PARENTE**
Podes berrar, mas jamais darás de comer a este,
se não me libertarem, mas aqui, sobre estas vítimas,
golpeado com esta faca por veias ensanguentadas,
ensanguentará o altar.

**PRIMEIRA MULHER**
Ó desgraçada que sou! 695
Mulheres, não me socorrem? Um grande grito
não levantarão e o troféu, mas do único
filho privada me desdenham?

**CORO**
Ai, ai!
Ó senhoras Moiras, que é este novo 700
assombro que vejo?
Tudo é, então, obra da audácia e da impudência.
Qual ato cometeu de novo, qual, amigas, este?

**PARENTE**
É deste modo que quebrarei a vossa arrogância
exagerada.

**CORO**
Então não são terríveis essas ações e vão além? 705

**PRIMEIRA MULHER**
São terríveis mesmo, que tenha me privado do filhinho.

**CORO**
O que alguém diria diante disso, que
fazendo tais coisas este não se envergonha?

**PARENTE**
E certamente ainda não acabei.

**CORO**
Então, voltando para o lugar de onde vens, 710
tendo facilmente escapado, não dirás
que tendo praticado esta ação te livraste,
mas tomarás um castigo.

**PARENTE**
Que isso não possa acontecer de modo algum, eu rogo.

**CORO**
Quem, então, quem dos deuses imortais 715
viria como teu aliado em obras injustas?

**PARENTE**
Vocês tagarelam em vão, eu não largarei este.

**CORO**
Mas, pelas duas deusas, logo tu
talvez não te alegres em nos insultar
e em dizer palavras ímpias. 720
Pois daremos respostas aos teus atos
ateus, como convém, em lugar destes.
Logo mudando sobre o mal diferente 724

a sorte se mostra.
É preciso levar estas, trazer madeiras,
e queimar este perverso e arder ao fogo o mais rápido.

**PRIMEIRA MULHER**
Vamos às lenhas, ó Mânia!
E eu hei de fazer-te um tição hoje mesmo.

**PARENTE**
Acende e queima; e tu o manto cretense                 730
despe rapidamente. E da morte, ó criança,
só uma mulher acusa, a tua mãe.
O que é isto? A menina tornou-se um odre
cheio de vinho e esta coisa usava calçados persas.
Ó quentíssimas mulheres, ó beberronas,                 735
vocês, que maquinam de tudo beber,
ó grande bem dos taberneiros, mas o mal nosso,
mal também aos utensílios e ao tecido.

**PRIMEIRA MULHER**
Joga, muitas lenhas, ó Mânia!

**PARENTE**
Joga, então, mas tu me respondes isto:                 740
dizes ter dado à luz isto?

**PRIMEIRA MULHER**
E dez meses eu o portei.

**PARENTE**
Tu o portaste?

**PRIMEIRA MULHER**
Sim, por Ártemis!

**PARENTE**
Pesa três cótilos ou quantos? Dize-me.

**PRIMEIRA MULHER**
O que me fizeste?
Despiste minha criança, ó desavergonhado,
sendo ela tão pequena.

**PARENTE**
Tão pequena? Pequena, por Zeus.
Que idade tem? Três ou quatro côngios?

**PRIMEIRA MULHER**
Quase e quanto decorreu desde as Dionísias.
Mas entrega-me.

**PARENTE**
Não, por este Apolo!

**PRIMEIRA MULHER**
Então teremos de te queimar.

**PARENTE**
Perfeitamente. Queimem,
mas esta será degolada muito imediatamente.          750

**PRIMEIRA MULHER**
Não, na verdade, eu te imploro; fazes de mim
o que quiseres no lugar desta.

**PARENTE**
És uma amante do filho por natureza.
Mas nem por isso deixarei de degolá-lo.

**PRIMEIRA MULHER**
Ai de mim, filho. Dá-me o vaso sagrado, Mânia,
para que eu tome, então, o sangue da minha criança.          755

**PARENTE**
Põe-no embaixo. Concederei só isso a ti.

## TESMOFORIANTES

**PRIMEIRA MULHER**
Que possas perecer de modo ruim. Como és invejoso e mau.

**PARENTE**
E essa pele vem a ser da sacerdotisa.

**PRIMEIRA MULHER**
O que vem a ser da sacerdotisa?

**PARENTE**
Isto, toma.

**SEGUNDA MULHER**
Desventuradíssima, Mica, quem te retirou a flor?        760
Quem te esvaziou da criança amada?

**PRIMEIRA MULHER**
Este perverso. Mas, uma vez que estás aqui,
vigia este, para que, tendo chamado Clístenes,
aos prítanes direi o que ele fez.        765

**PARENTE**
Vamos, qual será um artifício de salvação?
Qual tentativa, qual reflexão? Pois o responsável
que, tendo me precipitado nesta confusão,
não aparece agora. Vamos, que mensageiro, então,
eu poderia enviar a ele? Eu sei ainda uma saída
retirada do *Palamedes*[41]. Como aquele, escrevendo        770
jogarei os remos. [Mas não há remos.]
De onde, então, eu farei surgir remos? [De onde? (De onde?)]
E se escrevendo nestas plaquetas no lugar dos remos
eu as lançasse no ar? Muito melhor.
Estas são de madeira, e aqueles eram também de madeira.        775
Ó minhas mãos.

---

41. Peça perdida de Eurípides.

83

ARISTÓFANES

<agora> é empenhar-se nessa obra engenhosa.
Vamos, pranchetas de tábuas polidas,
recebam os talhes do estilete,
mensageiros das minhas penas. Ai de mim                 780
Este *rô*[42] é difícil.
Pronto, pronto. Qual talhe?
Vão, apressem-se por todos os caminhos,
ali e aqui, é preciso ir rápido.

**CORO**

Nós, então, tendo avançado, elogiaremos a nós mesmas.   785
Na verdade todo tipo fala em público muito
mal da raça feminina,
que somos todo o mal para os homens
e que de nós vem tudo:
discórdias, querelas, rebeliões terríveis, tristeza, guerra.
Vejamos, se somos um mal, por que se casam conosco,
se é que somos mesmo mal,
e não nos deixam sair, nem ser apanhadas,                790
com a cabeça para fora,
mas querem vigiar com tão demasiado cuidado o mal?
E se a pobre mulher sai a algum lugar,
e se a descobrem fora,
são tomados de loucura, vocês que deveriam
libar e se alegrar, se é verdade,
ao descobrirem que o mal sumiu de casa
e não o encontram lá dentro.
E se dormimos na casa de outros por                      795
brincarmos e estamos cansadas,
todo tipo procura o mal dando voltas em torno da cama;
E, se nos debruçarmos à janela, querem contemplar o mal,

---

42. A letra ρ (r) do alfabeto grego.

**84**

e se, por vergonha, retrocedemos, muito mais o tipo deseja
ver de novo o mal debruçado. Assim, somos evidentemente
muito melhores que vocês. Pode-se ter a prova. 800
Demos a prova de quais são os piores. Pois nós dizemos que
são vocês, e vocês que somos nós.
Então, examinemos e confrontemos cada um,
comparando o nome de cada mulher ao de cada homem.
Que Nausímaca Carmino[43] é inferior, os atos são claros.
E certamente Cleofonte é pior em tudo que Salabaco[44]. 805
A Aristómaca, aquela de Maratona, e a Estratonica[45]
há muito nenhum de vocês nem tenta fazer guerra.
Mas qual conselheiro do ano passado é melhor que Eubule[46],
que passaram a outro a função? Nem Ânito[47] diria isso.
Assim, nós nos vangloriamos de ser muito 810
melhores do que os homens.
Nenhuma mulher, tendo roubado cinquenta
talentos do tesouro
público, iria à Acrópole em uma parelha;
mas o máximo que ela subtrai,
um cesto de trigos tendo roubado do marido,
ela o devolve no mesmo dia.
Mas nós muitos destes
que fazem tais coisas poderíamos apontar 815
e, além disso, são mais glutões

---

43. General ateniense derrotado no mar (Tucídides, VIII, 30, 42) é comparado a Nausímaca, "a que combate no mar" (VAN DAELE, 1973, p. 51-52).

44. Cleofonte, político ateniense é comparado a uma cortesã, Salabaco, citada em *Cavaleiros*, 765.

45. Os nomes dessas duas mulheres não têm par entre os homens da atualidade: Aristómaca, "a melhor no combate" e Estratonica, "a vitória do exército".

46. "A boa conselheira".

47. Político democrata, que estará entre os acusadores de Sócrates.

# ARISTÓFANES

do que nós e ladrões de roupas,
bufões e traficantes de escravos.
E com certeza também quanto aos recursos
são piores do que nós para conservá-los.          820
Pois nós ainda conservamos
o tear, o pau, os cestinhos,
a sombrinha;
para muitos destes nossos maridos,
desapareceu de casa o pau                          825
com a própria lança.
E, para muitos outros dos ombros
nas campanhas,
lança-se a sombrinha.
Nós, mulheres de direito, censuraríamos muitos atos   830
aos homens com justiça, e um é enorme.
Pois era preciso que, se uma de nós parisse
um homem bom para a cidade,
um taxiarca[48], ou um general, que ela recebesse uma honra,
dar a ela a proedria[49] nas Estênias e nas Ciras[50],
e nas festas as quais nós celebramos;             835
Mas, se um homem covarde e mal uma mulher dá à luz,
um trierarca[51] perverso, ou um piloto ruim,
deve-se sentá-la, tendo a cabeleira raspada, atrás
da que pariu o corajoso. Pois, a que seria igual, ó cidade,
à mãe de Hipérbolo sentar-se vestida              840

---

48. Comandante da infantaria.

49. Lugar da frente.

50. Festivais femininos em que se celebram Deméter e Perséfone, como as Tesmofórias.

51. Comandante de uma trirreme, navio de guerra.

# TESMOFORIANTES

de branco e de cabelos soltos próxima à de Lâmaco[52],
e emprestar dinheiro? Seria preciso,
se emprestasse a alguém
e negociasse juro, ninguém desse esse juro,
mas que lhe retirasse à força o dinheiro, falando isto:
"És digna deste juro, tendo parido tal fruto".          845

**PARENTE**
Estou vesgo de esperar, e ele nada.
Qual seria mesmo o empecilho? Não há como
não se envergonhar do *Palamedes* por ser frio.
Com que peça, então, eu poderia trazê-lo?
Eu sei; imitarei a nova *Helena*[53].                    850
De todo modo, um vestido feminino está à mão.

**SEGUNDA MULHER**
O que tu tramas de novo? Por que arregalas os olhos,
detendo-te?
Uma amarga Helena verás logo, se não te mantiveres
em ordem, até que um dos prítanes apareça.

**PARENTE** (como Helena)
Do Nilo, eis as ondas de belas virgens,                  855
do rio que, no lugar da chuva divina do alvo Egito,
a planície molha para o povo de purgante negro.

**SEGUNDA MULHER**
Um patife é o que és, por Hécate, a porta-luz.

---

52. Hipérbolo, líder político após a morte de Cléon; Lâmaco, general morto
heroicamente na Sicília em 414 a.C.

53. Peça de Eurípides de 412 a.C., ano anterior a esta comédia. Toda a cena que
segue traz citações dessa tragédia.

**PARENTE**
Minha pátria é uma terra não sem nome,
Esparta, e meu pai é Tíndaro.

**SEGUNDA MULHER**
Ó funesto, 860
aquele é teu pai? Frinondas é que é.

**PARENTE**
Helena fui chamada.

**SEGUNDA MULHER**
Já te torna mulher de novo,
antes de ser castigada pelo outro disfarce feminino?

**PARENTE**
Muitas almas por mim pereceram nas correntes
do Escamandro[54].

**SEGUNDA MULHER**
Tu devias ter morrido também. 865

**PARENTE**
E eu estou aqui. E o meu infeliz esposo
Menelau de modo nenhum se aproxima.
Por que, então, ainda vivo?

**SEGUNDA MULHER**
Por maldade dos corvos.

**PARENTE**
Mas algo vem para afagar meu coração;
não me enganes, ó Zeus, com a esperança que vem. 870

---

54. Rio de Troia.

# TESMOFORIANTES

**EURÍPIDES** (como Menelau)
Quem destas sólidas mansões tem o poder,
que estrangeiros receberia pelo mar salgado
fatigados em uma tempestade e naufrágios?

**PARENTE**
De Proteu[55] é este palácio.

**SEGUNDA MULHER**
De qual Proteu,
ó três vezes desgraçado?                                          875
Ele mente, pelas duas deusas,
já que Proteas está morto há dez anos.

**EURÍPIDES**
A que país aportamos no navio?

**PARENTE**
Egito.

**EURÍPIDES**
Ó miserável, até onde navegamos!

**SEGUNDA MULHER**
Crês em algo neste patife, que pereça de modo ruim,
que diz lorotas? Este é o Tesmofórion.                            880

**EURÍPIDES**
E o próprio Proteu está dentro ou longe?

**SEGUNDA MULHER**
Estás com náuseas ainda, ó estrangeiro,
pois ouviste que Proteas morreu
e perguntas: "Está em casa ou longe?".

---
55. Rei do Egito.

**EURÍPIDES**
Ai, ai, ele morreu! E onde foi sepultado? 885

**PARENTE**
Eis o seu túmulo, sobre ele estamos sentados.

**SEGUNDA MULHER**
Que pereças de modo ruim – e pereças mesmo –
tu, que ousas chamar túmulo o altar.

**EURÍPIDES**
Mas por que tu estás sentada nestes assentos sepulcrais
coberta de véu, ó estrangeira?

**PARENTE**
Sou forçada 890
a partilhar o leito com o filho de Proteu em núpcias.

**SEGUNDA MULHER**
Por que, ó desgraçado, enganas ainda o estrangeiro?
Ele veio aqui com más intenções, ó estrangeiro,
para roubar das mulheres o ouro.

**PARENTE**
Rosna, cobrindo-me de censura. 895

**EURÍPIDES**
Estrangeira, quem é esta velha que te injuria?

**PARENTE**
Ela é Teónoe, filha de Proteu.

**SEGUNDA MULHER**
Não, pelas duas deusas,
sou Critila apenas, filha de Antiteo de Gargeto
e tu és uma peste.

# TESMOFORIANTES

**PARENTE**
Fala o quanto quiseres.
Pois nunca casarei com teu irmão,      900
traindo Menelau, o meu esposo em Troia.

**EURÍPIDES**
Mulher, o que disseste? Vira-te e olha-me nos olhos.

**PARENTE**
Tenho vergonha de ti, por ter sido ultrajada nas faces.

**EURÍPIDES**
O que é isto? Estou sem fala.
Ó deuses, que visão tenho? Quem és, mulher?     905

**PARENTE**
E tu, quem és? Pois te digo o mesmo.

**EURÍPIDES**
És uma mulher grega, ou deste país?

**PARENTE**
Grega. Mas quanto a ti também quero saber.

**EURÍPIDES**
Vejo-te muito semelhante a Helena, mulher.

**PARENTE**
E eu te vejo a Menelau, pelo menos quanto às lavandas.  910

**EURÍPIDES**
Então, reconheceste bem um homem desafortunado.

**PARENTE**
Ó, vieste tardio aos braseiros de tua esposa,
toma-me, toma-me, esposo, abraça-me.
Vamos, vou beijar-te. Leva-me, leva-me, leva-me,    915
tomando-me bem rápido.

**SEGUNDA MULHER**
Há de chorar, pelas duas deusas,
quem te levar, sendo queimado por uma tocha.

**EURÍPIDES**
Tu queres me impedir de a minha esposa,
a filha de Tíndaro, conduzir a Esparta?

**SEGUNDA MULHER**
Pareces-me ser tu também um trapaceiro        920
e um conselheiro deste. Não é à toa que há muito
falam do Egito. Mas ele será castigado;
pois o prítane aproxima-se com o arqueiro.

**EURÍPIDES**
Isto é ruim. Então devo sair de mansinho.

**PARENTE**
E, infeliz de mim, o que faço?

**EURÍPIDES**
Fica tranquilo.                                925
Pois jamais hei de te trair, enquanto respirar,
se não me faltarem os inúmeros artifícios.

**PARENTE**
Tal linha não pescou coisa alguma.

**PRÍTANE**
Este é o safado de que nos falou Clístenes?
Tu, por que estás cabisbaixo?
Leva-o para dentro e prende-o              930
na tábua, ó arqueiro, e depois põe-no
aqui, vigia-o e não permitas que ninguém
dele se aproxime, mas usa o chicote,
rapaz, se alguém se aproximar.

# TESMOFORIANTES

**SEGUNDA MULHER**
Por Zeus, pois agora mesmo
um homem trapaceiro por pouco não o roubava.   935

**PARENTE**
Ó Prítane, pela tua mão direita, a qual gostas
de estender vazia, se alguém te der dinheiro,
presta-me um pequeno favor, mesmo que eu morra.

**PRÍTANE**
Que favor?

**PARENTE**
Deixa-me nu,
ordena ao arqueiro antes de me atar à tábua,   940
para que eu, um homem velho, com vestido amarelo e turbante não forneça riso aos corvos ao banqueteá-los.

**PRÍTANE**
Portando estas vestes pareceu ao Conselho que tu deves
ficar preso,
para que fique claro aos passantes que tu és um malfeitor.

**PARENTE**
Ai, ai! Ai, ai! Ó vestido açafrão, em quais apuros tens   945
me metido
e não há mais esperança nenhuma de salvação.

**CORO**
Vamos, agora nos divertiremos, como é costume
aqui entre as mulheres,
quando nas horas sagradas celebramos as orgias
augustas das duas deusas,

# ARISTÓFANES

como também Páuson[56] as venera e faz jejum,
e muitas vezes suplica a elas, anos após                950
anos, orando conosco
para dedicar-se muito a esses ritos.
Avante, avança com pé ligeiro, faze um círculo,
entrelaça mão com mão, ao ritmo dos coros          955
cada uma avance. Anda com pés rápidos.
E quando o círculo está
estabelecido, é preciso o olho do coro olhar
para toda parte.
E, ao mesmo tempo,
a raça dos deuses olímpicos                          960
cada uma cante e celebre com voz
no delírio da dança.
E se alguém
espera que, sendo mulher, eu fale mal
dos homens num lugar sagrado, não pensa correto.
Mas falta como é necessário, imediatamente,
primeiro estabelecer um elegante passo
de dança de roda.
Adianta os pés ao deus da boa lira,
cantando, e à deusa porta-arcos                      970
Ártemis, casta senhora.
Salve, ó, atira a distância,
cede-nos a vitória.
Hera, a protetora das núpcias,
cantemos como é conveniente,
ela, que participa de todas as danças               975
e guarda as chaves do casamento.

---

56. Pintor que Aristóteles mencionará na *Poética* (1448a). Aristófanes menciona-o várias vezes; aqui está relacionado ao jejum das mulheres por causa da sua pobreza proverbial.

# TESMOFORIANTES

A Hermes, protetor dos pastores, rogo,
a Pã e às Ninfas queridas, sorrir favoravelmente,
alegrando-se com nossas danças.
Inicia, então, de bom grado
o passo duplo, a graça da dança.  982
Vamos nos divertir, ó mulheres, como de costume;
mas estamos completamente de jejum.
Vamos, salta, rodopia em um pé ritmado;  985
torneia uma canção cheia.
E guia-nos assim tu,
porta hera, Baco
senhor; e eu te celebrarei
com cortejos dançantes.
Tu, ó Dioniso Brômio,
filho de Zeus e Sêmele,  991
vais alegrando-te
nas montanhas com
hinos amorosos das Ninfas,
evoé, evoé, evoé!  993b
(e à noite toda) continuamos dançando.
Em torno ressoa
de Citerão o eco,  996
as montanhas de folhagens negras
umbrosas e vales
pedregosos bramem;
envolvendo-te em círculo
a hera de belas folhas cresce.  1000

**ARQUEIRO** [57]
Aqui agora tu poder chorar para o ar.

---

57. Os arqueiros eram escravos citas, que não falavam grego perfeitamente.
Eram a polícia ateniense.

**PARENTE**
Ó arqueiro, imploro-te...

**ARQUEIRO**
Não me implorar tu.

**PARENTE**
Alarga o pino.

**ARQUEIRO**
Mas eu fazer isso mesmo.

**PARENTE**
Ai de mim, desgraçado, tu estás apertando mais.

**ARQUEIRO**
Tu querer mais ainda?

**PARENTE**
Ai, ai! Ai, ai! Ai, ai!                                    1005
Que tu morras de má morte.

**ARQUEIRO**
Cala, belho desgraçado.
Bamo, eu trazer esteira para te bigiar.

**PARENTE**
Eis as maravilhas que usufruo de Eurípides.
Ó deuses, Zeus salvador, há esperanças.
Parece que este homem não irá me abandonar, mas    1010
apareceu-me sob a figura de Perseu correndo,
então devo tornar-me Andrômeda. Sem dúvida,
tenho em mãos as cadeias. É evidente, então, que
vem me salvar. Pois não voaria para cá.
(como Andrômeda)[58].

---

58. Protagonista de tragédia homônima perdida de Eurípides, encenada no mesmo concurso que *Helena*.

# TESMOFORIANTES

Amigas virgens, amigas,
como hei de escapar e
não ser vista pelo cita?
Ouves, ó tu, que ecoas meus cantos nos antros?
Consente, deixa que           1020
vá até minha mulher.
Impiedoso quem me prendeu,
o mais sofredor dos mortais.
Tendo escapado com dificuldade à velha       1025
podre, morro igualmente.
Pois este guarda cita
há muito em sentinela pendurou-me,
funesto, sem amigos, um jantar aos corvos.
Vês não estou em danças nem         1030
com jovens da mesma idade
encontro-me portando uma urna de votos,
mas em densas cadeias estou presa
como pasto exposta ao monstro Glaucestes.
Com um peão não
de núpcias, mas de cativo
lamentem-me, ó mulheres, porque
mísero misérias sofri
– ó infeliz de mim, infeliz –,
mas sob parentescos criminosos
sofrimentos, a um homem suplicando,
numa lamentação lacrimosa e fúnebre inflamada,   1040
– Ai, ai! Ai, ai! –
quem primeiro me depilou
que este vestido amarelo me vestiu;       1045
para este templo enviou-me
onde estão as mulheres.
Ah! Nume inflexível do destino.
Ó eu maldito!
Quem não lançará um olhar sobre meu
sofrimento não invejável, na presença desses males?  1050

# ARISTÓFANES

Que o astro do éter portador do fogo
pudesse destruir o desafortunado que sou.
Pois olhar a luz imortal não é mais
grato para mim, assim dependurada,
infeliz por dores que me cortam a garganta, uma rápida   1055
passagem para os mortos.

**EURÍPIDES** (como Eco)
Salve, ó querida criança; mas teu pai Cefeu
que te expôs, que os deuses o destruam!

**PARENTE**
E quem és tu, que te apiedaste do meu sofrimento?

**EURÍPIDES**
Eco, que repete por troça o que se fala,   1060
que, no ano passado, neste mesmo lugar,
eu mesma ajudei Eurípides a concorrer.
Mas, ó filha, deves fazer o teu papel,
chorar lamentosamente.

**PARENTE**
E tu chorarás depois de mim.

**EURÍPIDES**
Cuidarei disso. Mas começa a falar.   1065

**PARENTE**
Ó noite sagrada,
que longa cavalgada percorres
a estrelada abóboda conduzindo teu carro
do éter sagrado
por meio do majestoso Olimpo.   1070

**EURÍPIDES**
Olimpo.

# TESMOFORIANTES

**PARENTE**
Por que eu, Andrômeda, dos males o supremo
recebi por lote?

**EURÍPIDES**
Recebi por lote?

**PARENTE**
O da morte infeliz...

**EURÍPIDES**
Morte infeliz.

**PARENTE**
Acabas comigo, ó velha, com tua tagarelice.

**EURÍPIDES**
Tagarelice.                                   1075

**PARENTE**
Por Zeus, que importuna, a me interromper.
É demais.

**EURÍPIDES**
É demais.

**PARENTE**
Amigo, deixa-me recitar a monodia,
faz-me o favor. Para.

**EURÍPIDES**
Para.

**PARENTE**
Vai aos corvos.

**EURÍPIDES**
Vai aos corvos.

**PARENTE**
Que tens?

**EURÍPIDES**
Que tens?

**PARENTE**
Dizes tolices.                    1080

**EURÍPIDES**
Dizes tolices.

**PARENTE**
Chora!

**EURÍPIDES**
Chora!

**PARENTE**
Deplora!

**EURÍPIDES**
Deplora!

**ARQUEIRO**
Tu, o que tagarelas?

**EURÍPIDES**
Tu, o que tagarelas?

**ARQUEIRO**
Chamarei os prítanes.

**EURÍPIDES**
Chamarei os prítanes.

**ARQUEIRO**
Que tens?

**EURÍPIDES**
Que tens?

**ARQUEIRO**
De onde bem esta boz?

**EURÍPIDES**
De onde bem esta boz?

**ARQUEIRO**
Tu que tagarelas?
Chora, então.

**EURÍPIDES**
Chora, então.

**ARQUEIRO**
Tu gozar de mim?

**EURÍPIDES**
Tu gozar de mim? 1090

**PARENTE**
Não, por Zeus, mas esta mulher aqui.

**EURÍPIDES**
Mulher aqui.

**ARQUEIRO**
Onde está a impura?

**PARENTE**
Ela foge agora.

**ARQUEIRO**
Para onde, para onde poges?

**EURÍPIDES**
Para onde, para onde poges?

**ARQUEIRO**
Não vais ficar feliz.

**EURÍPIDES**
Não vais ficar feliz.

**ARQUEIRO**
Pois ainda grunhes? 1095

**EURÍPIDES**
Pois ainda grunhes?

**ARQUEIRO**
Prende o impura.

**EURÍPIDES**
Prende o impura.

**ARQUEIRO**
Tagarela e maldito mulhê.

**EURÍPIDES** (como Perseu)
Ó deuses, a que terra bárbara chegamos
com sandálias velozes? Pois pelo éter, 1100
cortando caminho, ponho o pé alado,
eu, Perseu, que viajo a Argos portando
a cabeça da Górgona.

**ARQUEIRO**
O que diz? Do Gorgo,
o escrivã tu levar a caveça?

**EURÍPIDES**
A Górgona,
que eu digo.

**ARQUEIRO**
Gorgo também digo. 1105

**EURÍPIDES**
Vamos, que rocha é esta que vejo e esta virgem
semelhante às deusas como nau ancorada?

# TESMOFORIANTES

**PARENTE**
Ó estrangeiro, apieda-te de mim, a toda infeliz;
solta-me as cadeias.

**ARQUEIRO**
Não tagarela tu.
Maldito, tu te atreves quando vais morrer tagalelas?   1110

**EURÍPIDES**
Ó virgem, apiedo-me de ti vendo-te pendurada.

**ARQUEIRO**
Não é uma virgem, mas um belho pecadora,
ladrão e malfeitor.

**EURÍPIDES**
Falas tolices, ó cita.
Pois esta é Andrômeda, filha de Cefeu.

**ARQUEIRO**
Olha a coisa; abarece piqueno?                           1115

**EURÍPIDES**
Vem aqui, dê-me a mão para eu tocar, jovem.
Vamos, cita; pois os homens todos têm
fraquezas; e a mim mesmo a esta jovem
amor me prendeu.

**ARQUEIRO**
Eu não invejo tu.
Pois, se ele tivesse o traseiro voltado para cá,         1120
eu não negar que tu enrabasse ele.

**EURÍPIDES**
Porque tu não me deixas libertá-la, ó cita,
e depois deitar na cama no leito nupcial?

103

**ARQUEIRO**
Se desejas mesmo o velho enrabar,
fura a taba por trás e enraba ele.

**EURÍPIDES**
Não, por Zeus, mas soltarei as cadeias. 1125

**ARQUEIRO**
Então, apanhar de chicote.

**EURÍPIDES**
Mesmo assim, farei isso.

**ARQUEIRO**
A tua caveça, então,
eu cortar com esta espada curta.

**EURÍPIDES**
Ai, ai! O que farei? A quais argumentos me voltar?
Mas não os pode admitir uma natureza bárbara. 1130
Pois a ignorantes apresentar doutrinas novas
seria perda de tempo, mas devo apresentar
um outro artifício conveniente a ele.

**ARQUEIRO**
Raposa impura, como se faz de macaco para mim!

**PARENTE**
Lembra-te, Perseu, que me abandonas infeliz. 1135

**ARQUEIRO**
Pois tu ainda desejar apanhar de chicote?

**CORO**
Palas, amiga de coros que eu
costumo invocar para a dança, 1139
virgem sem julgo, jovem.
Que tem a nossa cidade

# TESMOFORIANTES

a única de poder evidente,
que é chamada guardiã das chaves
aparece, ó tu, que os tiranos      1144
odeias, como convém.
O povo das mulheres te invoca;
que venhas e tragas paz, amiga das festas.
Venham benevolentes, favoráveis,
senhoras ao bosque, que é vosso,
aos homens não é lícito olhar      1150
as orgias sagradas das duas deusas, para a luz das tochas 1151
mostrar, imortal visão.
Venham, cheguem, suplicamos,
Ó muito soberanas Tesmofórias.      1156
Se antes já nos atendestes
venham agora também,
cheguem, suplicamos, aqui conosco.

**EURÍPIDES**
Mulheres, se querem daqui para a frente      1160
fazer as pazes comigo, é agora,
depois disso, não mais ouvirão de mim nada
de mal para o futuro. Eis o que proclamo.

**CORO**
E qual a necessidade de trazeres esta proposta?

**EURÍPIDES**
Este que está na tábua é meu parente.
Se eu o receber, então, não ouvirão jamais
nada de mal; mas se não me atenderem;
o que agora ocultam aos maridos
eu vos delatarei ao virem das expedições.

**CORO**
Sabe, que sobre estas coisas concordamos contigo;      1170
Mas convence tu próprio este bárbaro.

**EURÍPIDES**

É minha tarefa; e a tua, ó bichinha,
lembra-te do que eu te explicava no caminho.
Primeiro, então, atravessa e vai aos trotes.
E tu, ó Terédon[59], toca uma pérsica.                    1175

**ARQUEIRO**

Que ruído é este? É um festim que me acorda?

**EURÍPIDES** (como velha)

A moça vai ensaiar, ó arqueiro,
pois ela deve dançar para alguns homens.

**ARQUEIRO**

Dançar, ensaiar eu não impedir.
Como é lebe, como uma pulga no véu.                    1180

**EURÍPIDES**

Vamos, retira este manto, ó filha,
e sentando-te nos joelhos do cita
estende os pés, para eu descalçá-los.

**ARQUEIRO**

Sim, sim.
Senta, senta sim, sim, bilhinha.
Que duro a teta como um rábano.                    1185

**EURÍPIDES**

Tu, toca rápido; ainda temes o cita?

**ARQUEIRO**

Belo bunda. Tu chorar, se não ficar aí dentro.
Bem, a aparência é bela em torno da bara,

---

59. O flautista acompanha a dança da bailarina e Eurípides está disfarçado de
velha. A pérsica era uma dança feminina e sensual.

## TESMOFORIANTES

**EURÍPIDES**
Está bom. Tome o manto; já é hora de
nos pôr a caminho.

**ARQUEIRO**
Não me peijará antes? 1190

**EURÍPIDES**
Perfeitamente – beija-o.

**ARQUEIRO**
Ó, ó, ó papapapai!
Que língua doce, como mel ático.
Por que não te deitas comigo?

**EURÍPIDES**
Passar bem, arqueiro;
pois não ocorreria isto.

**ARQUEIRO**
Sim (sim) belhinha,
tu me fazer este faborzinho.

**EURÍPIDES**
Darás, então, um dracma. 1195

**ARQUEIRO**
Sim, sim, darei.

**EURÍPIDES**
Passa-me, então, o dinheiro.

**ARQUEIRO**
Mas não tenho, toma o dardo, então.
Depois te trago de novo. Acompanha-me, bilha.
E tu bigia este belho, belhinha.
E qual é o teu nome?

**EURÍPIDES**
Artemísia. 1200

107

ARISTÓFANES

**ARQUEIRO**
Lembrarei este nome: Artemuxia.

**EURÍPIDES**
Hermes, astuto, até aqui ages bem.
Tu, então, foge, menino, levando isto;
E eu soltarei este. E tu corajosamente foges, 1205
quando estiveres solto, o mais rápido vai encontrar
tua mulher e os filhos em casa.

**PARENTE**
Eu cuidarei disto, se me soltares de uma vez.

**EURÍPIDES**
Estás livre. Tua tarefa é fugir antes que o arqueiro
chegue para te prender.

**PARENTE**
Eu farei isto.

**ARQUEIRO**
Ó belhinha, como tua bilha é graciosa 1210
e não antipática, mas gentil. Onde está a belhinha?
Ai, como me acabo. Onde está a belha que estava aqui?
Ó belhinha, ó belha. Não te louvo, belhinha. Artemuxia.
A belha enganou-me. Tu, afasta-te o mais rápido.
Com razão tu és dardo; pois tu metes dentro. 1215
Ai de mim, o que eu fazer?
Onde está a belhinha? Artemuxia!

**CORO**
Perguntas da velha que portava a harpa?

**ARQUEIRO**
Sim, sim, tu a viste?

## TESMOFORIANTES

**CORO**
Para lá foi
ela, aquela e um velho a seguia.

**ARQUEIRO**
A belho usava vestido amarelo?

**CORO**
Eu afirmo                                                              1220
ainda poderias apanhá-los, se os perseguisses por aqui.

**ARQUEIRO**
Ó belha impura. Por qual caminho eu correr?
Artemuxia!

**CORO**
Segue direto para cima. Aonde corres? Corre
de novo por aqui! Tu corres do lado oposto.

**ARQUEIRO**
Infeliz. Mas eu correr. Artemuxia!                                     1225

**CORO**
Corre, então, bem rápido aos corvos tendo bons ventos.
Mas temos nos divertido na medida;
é hora, então, de caminhar
cada uma para casa. As Tesmofórias,
a nós, a boa graça                                                     1230
delas possam dar em troca.

# BIBLIOGRAFIA

ARISTOPHANE. *Les Thesmophories* – Les grenouilles. Texte établi par Victor Coulon et traduit par Hilaire Van Daele. Septième tirage. Paris: Société D'Édition. *Les Belles Lettres*, 1973, Tome IV.

ARISTÓFANES. *As aves*. Tradução, introdução, notas e glossário de Adriane da Silva Duarte. São Paulo: Hucitec, 2000.

_____. *As mulheres que celebram as Tesmofórias*. Introdução, versão do grego e notas de Maria de Fátima de Sousa e Silva. Coimbra: Instituto Nacional de Investigação Científica, 1978.

_____. *Duas comédias:* Lisístrata e As Tesmoforiantes. Tradução, apresentação e notas de Adriane da Silva Duarte. São Paulo: Martins Fontes, 2005.

_____. *Lisístrata*. Tradução de Ana Maria César Pompeu. São Paulo: Editorial Cone Sul, 1998/São Paulo: Hedra, 2010.

BELTRAMETTI, Anna. Le couple comique. Des origines mythiques aux dérives philosophiques. In: Desclos, Marie-Laurence (dir.) *Le rire des grecs:* anthropologie du rire en Grèce ancienne. Grenoble: Editions Jérôme Millon, p. 215-226, 2000.

BOWIE, A. M. *Myth, ritual and comedy*. Cambridge University Press, 1996 (first published, 1993).

CASEVITZ, Michel. La politique dans les *Thesmophories* d'Aristophane: à propos du vocabulaire. *Cahier du Gita*, n. 9, p. 93-101, 1996.

DOVER, Kenneth Sir. Introduction. Edited by Sir Kenneth Dover. In: PLATO. Symposium. Cambridge University Press, 1991.

DUARTE, Adriane da Silva. *O dono da voz e a voz do dono*: a parábase na comédia de Aristófanes. São Paulo: Humanitas/FFLCH/USP: FAPESP, 2000.

HALPERIN, David M. Platonic *Erôs* and what men call love. *Ancient Philosophy*, 5, p. 161-204, 1985.

HENDERSON, Jeffrey. *Lysistrata*: the play and its themes. In: Henderson, Jeffrey (ed.). *Yale classical studies*: Aristophanes: Essay in interpretation, v. XXVI, Cambridge: Cambridge University Press, p. 153-218, 1980.

# TESMOFORIANTES

LUDWIG, Paul W. Politics and eros in Aristophanes' speech: *Symposium* 191e-192a and the comedies. In: *American Journal of Philology* 117, p. 537-562, 1996.

MUECKE, Frances. A portrait of the artist as a young women. *Classical Quarterly*, 32 (i), p. 41-55, 1982.

PLATÃO. *A república*. Introdução, tradução e notas de Maria Helena da Rocha Pereira. 7. ed. Lisboa: Fundação Calouste Gulbenkian, 1993.

_____. Banquete. Tradução de José Cavalcante de Sousa. In: *Diálogos*. São Paulo: Nova Cultural, 1987. (Os Pensadores). Humanita.

PLATO. *Symposium*. Edited by Sir Kenneth Dover. Cambridge University Press, 1991.

POMPEU, A. M. C. *Aristófanes e Platão*: a justiça na pólis. São Paulo: Biblioteca 24 Horas, 2011.

_____. Mulheres e Acrópole Homens não Entram. Aristófanes. *Lisístrata*. Estudo e Tradução. Dissertação de Mestrado em Língua e Literatura Grega. FFLCH-DLCV-USP, 1997.

SANTOS, Marcos Martinho dos. *A teoria literária aristofânica*. Clássica. p. 93,95, v. 5, 6. São Paulo, 1992/1993.

SILVA, Maria de Fátima. A mulher, um velho motivo cómico. In: OLIVEIRA, Francisco; SILVA, Maria de Fátima. O teatro de Aristófanes. Coimbra: Faculdade de Letras, 1991 (Colecção Estudos 14).

SOLOMOS, Alexis. *Aristophane vivant*. Texte français de Joëlle Dalegre. Paris: Hachette, 1972.

SOUSA E SILVA, Maria de Fátima. Introdução. As mulheres que celebram as Tesmofórias. Introdução, versão do grego e notas de Maria de Fátima de Sousa e Silva. In: ARISTÓFANES. Coimbra: Instituto Nacional de Investigação Científica, 1978.

STRAUSS, Leo. *Socrate et Aristophane*. Traduit de l'anglais et présenté par Olivier Sedeyn. L'Éclat, 1993. (Collection "Polemos", 1. ed. 1966).

THIERCY, Pascal. *Aristophane*: fiction et dramaturgie. Paris: Les Belles Lettres, 1986.

VAN DAELE. Notice. Les Thesmophories – Les grenouilles. Texte établi par Victor Coulon et traduit par Hilaire Van Daele. In: ARISTOPHANE. Septième tirage. Paris: Société D'Édition. Les Belles Lettres, 1973, Tome IV.